U0677354

奥兹国奇遇记

通往奥兹国之路

[美] 弗兰克·鲍姆 ◎ 著

[美] 约翰·R.尼尔 ◎ 绘

刘丽莉 ◎ 译

CHISO SINCE 1996 新疆青少年出版社

图书在版编目（CIP）数据

通往奥兹国之路 /(美) 弗兰克·鲍姆著；刘丽莉
译. -- 乌鲁木齐：新疆青少年出版社,2023.4
　　（奥兹国奇遇记）
　　ISBN 978-7-5590-9322-6

　　Ⅰ.①通… Ⅱ.①弗… ②刘… Ⅲ.①童话 – 美国 –
近代 Ⅳ.①I712.88

中国国家版本馆CIP数据核字（2023）第066853号

通往奥兹国之路
TONGWANG AOZIGUO ZHI LU　　弗兰克·鲍姆 著　约翰·R.尼尔 绘　刘丽莉 译

出版发行	新疆青少年出版社有限公司
社　　址	乌鲁木齐市北京北路29号
电　　话	0991—6239231（编辑部）
经　　销	各地新华书店
印　　刷	天津融正印刷有限公司
法律顾问	王冠华 18699089007
开　　本	787mm×1092mm　1/16
印　　张	11.5
版　　次	2023年6月第1版
印　　次	2023年6月第1次印刷
书　　号	ISBN 978-7-5590-9322-6
定　　价	48.00元

新疆青少年出版社有限公司官网　http://www.qingshao.net
新疆青少年出版社有限公司天猫旗舰店　http://xjqss.tmall.com

CHISO SINCE 1956 新疆青少年出版社

（版权所有，侵权必究）

　　我亲爱的小读者们，又看到了新的奥兹国的故事，是不是很开心？这本书正是你们想要的，主角还是多萝茜，她又开启了一趟新的冒险之旅，而且这次带上了她的小狗托托，一切正如你们所愿。并且，你们还会在故事中结识一些新的朋友。对于小读者们的建议，我都尽可能地考虑到了，虽然可能这个故事还是跟你们想的并不完全一样。不得不说的是，一个故事在提笔之前就已经构思得差不多了，很难再做出大的修改，除非作者打算毁掉这个故事。

　　还记得我在上一个故事的序言里说到过，我早有打算开始着手写一些关于奥兹国系列之外的故事，因为我觉得关于奥兹国的故事大家读了这么多年，也是时候换些新的看了。可令我意想不到的是，那册书出版后不久，奥兹迷们竟愈发热情高涨了，一封封充满期待的来信如雪片般络绎不绝，简直要把我淹没了。"鲍姆先生，请多写点儿关于多萝茜的故事好吗？""期待看到更多关于奥兹国的故事。"……我的小读者们纷纷发出了类似的恳求。我也说过，我写作始终是为了能让小孩子们开心满意，所以我不能让大家失望。

　　在这个故事中所出现的一些新角色是大家所喜闻乐见的。特别是邋遢人，他性情洒脱，很有吸引力，希望大家能像我一样喜欢他。当然还有灵动活泼的七彩姑娘——她是彩虹的女儿。迷迷糊糊的小男孩亮纽扣，他们的出现也为故事增色不少。我很高兴能把奥兹国形形色色的人物介绍给大家，不过又有些担心他们是否能得到你们的喜爱。

在奥兹国的系列故事陆续出版后，奥兹仙境的人也注意到了我，并且给我发来了很多消息，这都是些惊人的消息，我确信你们听到后也会像我一样惊讶的。不过我不打算在这本书里提到，因为那将是另一个惊险刺激的故事了，或许也会是奥兹仙境系列的最后一个故事。

弗兰克·鲍姆

1909 年于科罗纳多

目录
Contents

目录
Contents

第一章

到黄油田去的路

"打扰一下，朋友！"邋遢人问道，"你能告诉我去黄油田的路吗？"

多萝茜上下看了看他。浑身脏兮兮的，但好在他有一双闪闪发亮的小眼睛，看起来还挺可爱。

"哦，我当然可以告诉你，"多萝茜说，"可是，你现在是完全走错了路啊！"

"哦，是吗？"邋遢人有点吃惊。

"当然是了，你现在要横穿这十亩场，然后顺着小路走到大路上，再向北走到第五个岔路口，然后——然后——等等，让我仔细想想——"

"你慢慢想，不着急，但是希望你能看到更远的地方，最好能看到黄油田。"邋遢人期待地说。

"我想，你应该走那条两旁都是柳树桩的路；或者，有金花鼠洞的那条；再或者——"

"朋友，我想打断一下，难道哪一条路都可以去黄油田吗？"

"当然不是，"多萝茜想了一下，"你得选择一条正确的路才能到达。"

"那么，我是选择金花鼠洞那条路呢？还是柳树桩——"邋遢人满是疑惑地说。

"唉，老天，你竟然这么笨！"多萝茜喊道，"你等着吧，我去取一下遮阳帽，看来，只有我亲自给你指路了。"

多萝茜跑进屋里去了。邋遢人嘴里叼着一截麦秸，慢慢咀嚼着，虽然没什么味道，但是在他嘴里却像是很美味一般。

这时，他看见屋子旁边的苹果树上，有几个苹果掉了下来，他在想，这些苹果的味道可能会比麦秸更好。所以，他走过去，捡起来几个。可是当他刚刚把三个苹果放在他那又脏又破的外套的肥大口袋里的时候，一只小黑狗发现了他，这只小狗有着棕色的闪闪发亮的眼睛，发现他后，从屋子里狂叫着奔出来，直奔邋遢人而来。

邋遢人还没来得及逃跑，就被小狗一个俯冲，咬住了小腿，但是邋遢人一点也不害怕，他抓住小狗的脖子，把这只小狗也放进了他的脏肥口袋里。接着，他又捡了些苹果，他每次把一个苹果放进脏口袋的时候，总是打到小狗的头或者后背，小狗被打得一直汪汪叫个不停。这只小狗是多萝茜的朋友，它叫托托，邋遢人的做法让它很恼火。

多萝茜从屋子里出来了，她头上戴着遮阳帽，大声喊道："邋遢人，如果你想让我带着你去找黄油田的路，你就要快点了。"

邋遢人马上过来了，他跟着多萝茜爬过矮矮的篱笆墙，进入十亩场，可是他走得太慢了，腿脚似乎也很不灵活，磕磕绊绊的，他看起来像有心事，一副心不在焉的样子。

"唉，你怎么笨手笨脚的，"多萝茜抱怨道，"你很累吗？脚有什么不舒服？"

"我的脚是没问题，"邋遢人说，"可是我这满腮的长胡子告诉我，它们

累了，现在我希望下点小雪，你觉得怎么样？"

"我可不希望，邋遢人，"多萝茜责备地说，"难道你不知道八月下雪，就会毁掉所有庄稼吗？你看看，这些玉米、燕麦和小麦，遭遇八月之雪，它们就都完了，那我的亨利叔叔将会一无所获，他会更穷苦的，而且——"

"我的朋友，不要担心了，我想现在是不会下雪的，"邋遢人说，"是这条小路吗？"

"是的，"多萝茜边说边爬过另一个篱笆墙，"但是，我要把你送到大路上去。"

"哦，谢谢你，朋友，"邋遢人说，"别看你长得小，但是你心肠真的很好。"

"你不知道，邋遢人，"多萝茜开心地说，"这条路不是谁都知道的，但是我却蒙上眼睛都能找得到，因为我跟亨利叔叔驾车从那里过了不知有多少次。"

"我相信你说得对，我的朋友，"邋遢人说，"但是，我还是请你不要蒙上你的眼睛，那样很可能搞错的。"

"哈哈，我当然不会那么做，"多萝茜大声地笑着，"好了，大路到了，你看，就是第二个岔路口——不，应该是向左转的第三个岔路口，不，让我再想想，呃，第一条路在柳树桩旁，第二条在金花鼠洞旁，那么——"

"那么会怎么样？"邋遢人追问道，他边说边把手伸到了他那个又脏又破的大口袋里，"哎哟！"一声大叫，他的手被托托咬了一口，他赶紧把手缩回来，痛得直咧嘴。多萝茜这时候正用手臂挡着阳光，有些焦急地在仔细辨别着道路，所以她没有注意到邋遢人的举动。

"快过来，"多萝茜说道，"现在就剩下一小段路了，我还是带着你走过去吧。"

于是他们来到了这个岔路极多的路口，邋遢人数了数，一共五条路，而且都朝着不同的方向，多萝茜指着其中的一条岔路，说道："我确定就是这条路，邋遢人，我只能送你到这了。"

"谢谢你，朋友！"邋遢人说着便大踏步走向了另一条路。

"哎呀，错了，不是那条路！"多萝茜焦急地喊道，"你走错了！"

邋遢人赶紧站住了，无奈地用手搔着他的连腮大胡子，"我还以为你说的那条路是通往黄油田的。"

"是啊，是通往黄油田的。"多萝茜说。

"可是，朋友，我不想去黄油田。"邋遢人说。

"什么？你不想去黄油田？"多萝茜诧异地问。

"是啊，我不想去黄油田，我只要知道通往黄油田的路，就不会错走上它了。"邋遢人说。

"那你要去哪里啊？"多萝茜不解地问。

"哦，我并没有一定想要去哪里，只要不是去黄油田就可以了。"邋遢人说。

这个回答让多萝茜很意外，为了给这个邋遢人指路，她还特意跑了这么远，可是他却不是要走那条路，想到这里，她有点不高兴。

"这有这么多条路，"邋遢人像个陀螺一样转着圈地来回看着，说道，"我觉得，这些道路可以通向任何地方。"

多萝茜被他这么一说，也好奇起来，也跟着他转圈仔细看着，确实，这里有很多很多条路,她以前并没有发现这里有这么多条路。于是她认真地数着,数到第十七条的时候,她就晕头转向了,因为这些道路像一个车轮上的辐条,从他们所站的地方朝着各个方向辐射开去。如果她继续数下去,可能有些路就被数了两遍。

"唉!邋遢人,"多萝茜说,"我明明记得这里只有五条岔路的,怎么会多出这么多来,这里哪条是大路呢?"

"我也不知道,朋友,"邋遢人说着坐在了地上,"可是刚刚你还说,大路就在这里呢!"

"我记得是这样的,"多萝茜也搞不清楚了,"而且我明明记得这里有柳树桩和金花鼠洞的,可是怎么不见了,这些路都是从哪里出来的呢?又是通到什么地方的呢?"

"道路嘛!"邋遢人诚恳地说,"它不是一定要通到哪里,它就是等在那里,方便人们行走的。"说着,他便从那个又脏又破的外衣口袋里拿出了一个苹果,这回他的动作又快又准,没被托托咬到。但是托托的头也趁机钻出了口袋,便汪汪大叫起来,多萝茜看到托托便跳起身来。

"哎呀,托托!"多萝茜喊道,"你怎么在这儿?"

"是我带它来的。"邋遢人说。

"你为什么要带它来这儿。"多萝茜疑惑地问。

"我是想让它帮我看护我口袋里的苹果,"邋遢人说,"如果我的口袋里有只小狗,就没人敢偷我的苹果了。"邋遢人拿着一个苹果开始吃起来,另一只手从口袋里把托托拽出来,丢在地上。托托刚落到地上,就向着多萝茜跑过去,像是刚从黑洞里被解救出来一样,非常开心。多萝茜用手轻轻抚摸着托托的头,托托伸着它的小红舌头,呼呼地喘息着,并用棕色的亮眼睛询问多萝茜:"现在我们该怎么办?"

多萝茜也不知道现在该怎么做了。她很焦急地左右环顾,想要找出一个自己熟悉的路标,但是现在她的眼里一切都是新鲜的,在每一处岔路口之间,是绿油油的草场和一些灌木丛。无论多萝茜怎样找,都找不到哪条路可以通向她的屋子,看不到她熟悉的景象。她的眼前,只有邋遢人和托托。多萝茜站起来，又转了几圈，还是没有找到一点儿记忆里的景色，她不由得烦躁起来。

"邋遢人，"她叹了口气说，"我现在担心，我们是迷路了。"

"这有什么可担心的，"邋遢人扔掉一个苹果核，又开始吃另一个苹果，"只要是道路，就能通到一处地方，不然，它就不会存在了。所以，即便迷路，又有什么关系。"

"可是我得回家啊。"她说。

"可以啊，那你为什么还不动身呢？"他问道。

"我迷路了，不知道该走哪条路。"多萝茜有点懊恼。

"那简直太糟了！"邋遢人边摇着他那邋遢的脑袋边说，"我真希望我能帮助你，可是，你也知道，我在这里是个外地人。"

"现在我也觉得自己是个外地人了！"多萝茜坐在他身边，说，"真是滑稽，就在不久之前，我还在给你指路，我以为这是我的家乡，可是我竟也在这里迷路了。"

"你也是为了给我指路，免得我误入黄油田的路。"

"可是我现在，连自己回家的路都找不到了。"多萝茜叹息着说。

"吃个苹果吧，"邋遢人说着，递给她一个又大又红的苹果。

"我不饿，再说我也没有心情吃苹果。"多萝茜推开了。

"你明天饿了，就会后悔今天你拒绝了我的苹果。"邋遢人说。

"那我饿了再吃也不迟啊。"多萝茜说。

"等你饿的时候，也许苹果都被我吃完了。"他边说边把那个又大又红的苹果咬了一口。然后他接着说："都说小狗最擅长找到回家的路，也许你的小狗可以带你回到农场。"

"托托，你能做到吗？可以带我回家吗？"多萝茜满怀希望地问。托托用力地摇动着它的小尾巴，好像是在回答，它可以做到。

"太好了，托托！"多萝茜说，"那咱们快点回家吧。"

托托环顾了一下四周，选择了其中一条小路，走了上去。

"再会，邋遢人！"多萝茜说着，跟着托托跑上了那条小路。小狗摇晃着小尾巴蹦蹦跳跳往前走，走着走着就停下来，回头用充满疑问的眼神望着多萝茜。多萝茜看出了托托的意思，她马上说："托托，你可别望着我，我是一点儿也找不到回家的路了，你自己仔细找找吧。"

可是托托这时站住不动了，噗噗地打了两个喷嚏，并且晃了晃它的小耳朵，摇了摇小尾巴，快速跑回到邋遢人的身边了。邋遢人呢，此时也是试了这条路，又试了那条路。但是每走一条路，他都有一个感觉，就是每一条路都不会把他们送回农场。于是，多萝茜和托托就坐下来，看着邋遢人，等他跑累了，也坐下来，喘着气。

多萝茜心里翻江倒海，她想着自从她搬到堪萨斯州大草原来住，就不断有怪事发生，她经历了很多意想不到的事，但是对于在自己家附近十五分钟内的道路上迷路，这还是第一次，她百思不得其解，所以越想越懊恼。

"你家里人会担心你吧？"邋遢人关心地问道，不时地眨着他可爱的亮晶晶的圆眼睛。

"我想肯定会的，"多萝茜忧虑地说，"亨利叔叔或许会自我安慰，认为我会平安回到家，因为我经历了这么多事都平安地回来了。"

"你放心吧，你一定会平安回家的，"邋遢人肯定地说，"因为你是善良的姑娘，善良的人是不会受到伤害的，我也是善良的人，所以我一直平平安安。"

多萝茜好奇地打量着他，这个人浑身上下没有一处是干净的：衣服脏兮兮、皱巴巴；靴子上到处都是破洞；头发和胡子搅在一起，分不清到底哪些是胡子，哪些是头发。但是他那亮晶晶的眼睛是和善的，满脸的微笑也是让人亲近的。

"我想知道，你为什么那么怕去黄油田。"多萝茜问。

"因为在黄油田有个人欠了我五分钱，我去了那里，若是被他知道了，他肯定会还钱给我，我可不想让他以为我是去催他还钱的，而且也不要想那钱。"邋遢人说。

"为什么你不要那钱呢？"多萝茜问。

"钱？"邋遢人说，"钱，能使人变得傲慢，目中无人，我可不要变成那样。我希望每个人都爱我，而不是讨厌我。我相信每个接近我的人，都会很爱我，因为我手里有'爱的磁铁'。"

"'爱的磁铁'？"多萝茜好奇地问，"那是什么？"

"如果你能给我保守秘密，"邋遢人低声神秘地说道，"我可以给你看一下'爱的磁铁'。"

"你也看到了，现在除了你我就是托托了。"多萝茜说。

邋遢人于是开始翻找他的脏口袋，一只、两只、三只，最后终于掏出了一个小纸包，纸包看起来皱皱的，但是却用棉纱线扎好。他解开棉纱线，打开纸包，里面有一个金属的马蹄铁，看起来并不惹人注目，棕色的，没有光泽。

"我的朋友，"他非常认真地说，"这就是神奇的'爱的磁铁'。这是一个叫作三明治的岛上的因纽特人给我的——不过，那个岛上根本就没有一块三明治——因纽特人告诉我，只要我拿着这块磁铁，那么所有生物，只要遇到我，就会非常爱我。"

"这么好的磁铁，因纽特人怎么会舍得给你呢？"多萝茜好奇地问。

"因为他对别人的爱感到厌倦，希望有人恨他，所以他就把磁铁给了我，可是，悲伤的事还是发生了，他把磁铁给我的第二天，就被一只灰熊给吃掉了。"

"那么他遇害时感到悲哀吗？"多萝茜追问。

"这个我不知道，他没有说。"邋遢人说着把"爱的磁铁"包好，小心地放在另一只口袋里，"不过，那只熊却一点也不悲伤。"

"那只熊？你认识那只熊？"多萝茜问。

"当然认识，我们经常在一起玩球的，因为我有'爱的磁铁'，所以那只熊很喜欢我，因此，我也没办法责备它吃了因纽特人的事，因为那是熊的天性。"邋遢人说。

"很久以前，"多萝茜说，"我认识一只饥饿的老虎，他很喜欢吃胖娃娃，这是他的天性，可是他到最后一个胖娃娃都没有吃，因为他有一颗善良的心。"

"不是所有动物都有善良的心，"邋遢人感叹道，"那只熊便没有。"邋遢人说着便陷入深思，他想着为什么一只老虎有良心，而一只熊却没有呢？而这时候托托则警惕地看着他，托托没有忘记自己被抓进脏口袋的遭遇，所以它不得不时时防着邋遢人，怕再次被他抓进那只口袋。

这时候，邋遢人忽然转向多萝茜，问道："我的朋友，你叫什么名字？"

"我的名字是多萝茜，"她说着，重新站起身来，"可是，现在我们怎么办呢？总不能一直待在这里。"

"那我知道我们该走哪条道路了，"邋遢人说，"对于一个叫多萝茜的女孩来说，七是个吉祥数字，所以，让我们选择第七个岔路口吧。"

"那么，我们怎么才知道哪条路是第七条呢？"多萝茜还是不明白。

"就从你开头数的那条算起吧。"

多萝茜于是又重新数了一遍，可是她发现这第七条路与其他道路并没有区别，但是邋遢人站起身来，走上了第七条道路，心里充满了信心。多萝茜与托托也跟着他走了上去。

第二章

多萝西遇见纽10

　　他们走上了第七条道路，这是个正确的选择，这条路曲曲折折，遍地生长着雏菊和毛茛，点缀在广阔无垠的牧场和田野之中，中间还有一排排成荫的绿树。

　　但是看不见任何一间房屋，也没有遇见任何一种动物。多萝茜开始有些焦虑，因为沿途都是她不熟悉的风景，她觉得现在离家越来越远了。可是她知道，就算是现在返回到刚刚的起点也没用，因为他们选中的第二条路，也未必能够离家近些。

　　她紧紧地跟着邋遢人，不离左右，他边走边吹着快乐的口哨，这样旅途就不那么寂寞。

　　走了一会儿，他们转了一个弯，看见路旁有一棵大栗子树，树冠巨大，树下一片绿荫。绿荫里坐着一个小男孩，一身水手的装扮，正用一根木棍在地上挖一个洞，从洞口的大小来看，他已经挖了很长时间了，因为洞口如足球一般大了。

多萝茜他们看到这个情景就停了下来，小男孩却没看见他们似的，仍然全神贯注地在挖洞。

"你是谁呀？你在干什么？"多萝茜好奇地问。

小男孩这才抬起头看着多萝茜，多萝茜注意到，小男孩有着圆圆的、粉嘟嘟的脸庞，一双深蓝色的大眼睛亮晶晶的，忽闪忽闪地对她眨着。

"我叫亮纽扣。"小男孩说。

"你没有别的名字吗？你就叫亮纽扣吗？"多萝茜追问。

"当然了，我就叫亮纽扣！"小男孩坚定地说。

"这肯定不是你真正的名字。"多萝茜说。

"怎么不是了？"小男孩一边挖洞一边问。

"当然不是，这不过是你的绰号而已，没人会叫这个名字。"

"我一定要有一个别的名字吗？"小男孩问。

"对呀，你一定有，你妈妈平时怎么叫你？"

"我妈妈——"小男孩思考了一下，然后说，"我爸爸经常说我亮晶晶的，像一颗纽扣，所以我妈妈直接就叫我亮纽扣。"

"那你爸爸叫什么？"多萝茜继续问，她对这个小男孩很感兴趣。

"我爸爸就叫爸爸。"

"还叫什么呢？"

"那我就不知道了。"小男孩继续挖洞。

"这没什么，"邋遢人听了一会儿他俩的对话，开心地说，"我觉得亮纽扣这个名字挺好，比一般的名字都要好听，我们以后就叫他亮纽扣。"

多萝茜终于停止对名字的追问，仔细地看小男孩挖洞。过了一会儿，她又问小男孩："那你住在哪里啊？"

"我不知道。"小男孩干脆地回答。

"那你怎么在这儿？"

"不知道。"小男孩还是一样的答案。

"你不知道你是从哪里来的吗？"多萝茜有些吃惊了。

"不知道。"小男孩还是这样说。

"坏了，有可能他也迷路了。"多萝茜对邋遢人说。

"那你现在在做什么呢？"多萝茜又转向小男孩。

"挖洞！"小男孩简洁地回答。

"挖洞？你要挖到哪里去呢？也不能一直这样挖啊。"多萝茜感叹地说。

"不知道。"小男孩似乎只会说这个。

"那么你都知道什么呢？"多萝茜有点生气地问道。

"我应该知道什么吗？"小男孩疑惑地问。

"对呀，你应该。"

"我应该知道什么呢？"小男孩更加疑惑了。

"比如，你将来想成为什么样的人，你要做什么？"多萝茜解释。

"那你知道我将来会成为什么样的人，将来要做什么吗？"

"我？我怎么可能知道你将来要做什么。"多萝茜说。

"那你知道你自己将来会是什么样的人吗？"小男孩反过来问多萝茜。

"我也不知道，将来的事很难说。"多萝茜诚恳地回答，毕竟现在她还处在这样的窘境中。

邋遢人听到这里，哈哈大笑起来。

"没有一个人会知道自己的将来，多萝茜。"他说。

"但是，亮纽扣知道得也太少了，似乎什么都不知道呢。"多萝茜说道，"亮纽扣，你意识到自己知道得太少了吗？"

"不知道。"亮纽扣晃动着一头金色的卷发，肯定地回答。

多萝茜从未见过只会说"不知道"的人，所以她表现出很大的兴趣。这小男孩一定是迷路了，不知道他的家人现在有多担心呢。他看上去比多萝茜小两三岁，穿的水手服很漂亮、整洁。他的家人一定很爱他，把他照顾得这么好。可是，他是怎么来到这荒无人烟的地方的呢？多萝茜想不明白。多萝茜走近亮纽扣，仔细端详着他：他的水手服裤管很长，臀部很宽大，上衣的宽领上，两角绣着金铁锚，帽子上也印了金铁锚。亮纽扣仍然在挖洞。

"你见过大海吗？"多萝茜问他。

"见大海干什么？"亮纽扣问。

"我的意思是你去过有水的地方吗？"

"当然，"小男孩肯定地说，"我家后院有一口水井。"

"你没明白我的意思，"多萝茜说，"我是说，你坐过大船出海航行吗？"

"不知道。"亮纽扣回答。

"那你从哪里来的水手衣服？"多萝茜问。

"不知道。"他再次回答。

多萝茜真的是太失望了，说道："你简直笨得可怜，亮纽扣。"

"我笨吗？"亮纽扣问。

"是的，很笨。"多萝茜再次肯定地说。

"可是，为什么说我笨？"他忽闪忽闪着大眼睛，天真地问道。

多萝茜刚想说不知道，但是她及时忍住了。

"这个问题，你应该自己回答。"多萝茜说。

"你不要再问亮纽扣问题了，他什么都不知道。"邋遢人说，他现在又开始吃一个苹果了，"但是，咱们不能把这可爱的小家伙一个人留在这里，不是吗？"

托托一直在好奇地张望亮纽扣，这个挖洞的小男孩引起了它极大的兴趣，它不停地看着亮纽扣挖出来的洞，希望里面会有什么好玩的东西被挖出来。后来托托兴奋得开始汪汪叫起来，并亲自跳进洞去，用爪子使劲刨土，弄得泥土四溅，溅得小男孩满身都是土。多萝茜赶紧走过去，扶起小男孩，帮他掸掉身上的土。

"托托，快停住。"多萝茜呵斥道，"那洞里可没有老鼠，所以停下来，别闹了。"

托托很听话地停下来了，但是它还是不甘心地用小鼻子嗅来嗅去，最后跳了出来，非常开心地抖掉了身上的土，就像自己做了一件了不起的大事一样。

"现在，我们该出发了，"邋遢人说，"不然我们在天黑之前将哪里都到不了的。"

"那么，你觉得咱们能到哪里呢？"多萝茜问。

"不知道，哈哈，"邋遢人大笑着，"我跟亮纽扣一样，什么都不知道呢。但是，以我的经验来看，只要是一条路，就一定能通向什么地方，要不然路就没有存在的必要了。"

"所以，我的朋友们，我们可能会到达一个连我们自己都不知道的地方，但是这又有什么关系呢？对于长途旅行来讲，无论是哪里，我们总算到达了，不是吗？"

"呃，听起来有点道理，"多萝茜说，"邋遢人，那我们出发吧。"

第三章

一个古怪的村任

亮纽扣开心地拉着邋遢人的手，看起来，他很喜欢邋遢人，多萝茜认为这是因为邋遢人有"爱的磁铁"的缘故。托托蹦蹦跳跳地走在他俩的左边，多萝茜走在右边，他们开开心心地向前走去。

多萝茜带着托托经历了很多奇遇，所以对这些事情已经习以为常，并且她能从中找到乐趣。

无论到哪里，多萝茜和托托都会非常快乐；亮纽扣似乎一点儿也不为迷路回不到家而忧伤；邋遢人更加了无牵挂，无论在哪都能怡然自乐。

走了一会儿，一座富丽堂皇的大拱门出现在他们面前，这个大拱门雕刻精美，颜色异彩纷呈，拱门顶上是一排开屏的孔雀，张开的尾巴姹紫嫣红，漂亮异常。正中间是一个狐狸头像，狐狸的表情是那么睿智和机警，他的鼻梁上架着一副巨大的眼镜，看起来很有学问的样子，脑袋上面戴了一个金灿灿的皇冠，每一个皇冠的尖端都在阳光下夺目璀璨。大拱门横跨在大路上，那么美丽，那么富贵。

他们忍不住对这个大拱门大加赞叹，正在他们唏嘘感叹之际，忽然有一支队伍从对面走过来，而让他们更加惊讶的是，这个队伍里的士兵都是狐狸，他们都穿着金边的制服，这使得他们看起来威风凛凛。

多萝茜他们还没从惊异中回过神来，就被这群队伍包围了，狐狸队长扯着嘶哑的嗓子问道："还不赶紧举手投降，你们已经是我们的俘虏了！"

"俘虏？那是什么？"亮纽扣眨着大眼睛，天真地问。

"俘虏当然就是被活捉的人。"狐狸队长雄赳赳、气昂昂地说，而且边说边踱着步子走来走去。

"那什么是被活捉的人呢？"亮纽扣接着问。

"你们就是被我们活捉的人，看看你自己吧，你就是。"狐狸队长说。

"哈哈哈！"邋遢人大笑起来。

"你们好啊，"邋遢人笑着说，并且恭恭敬敬地对所有狐狸鞠躬，然后又转身对狐狸队长说，"狐狸队长，见到你很开心，祝你健康安好。"

狐狸队长看着这个浑身没有一处整洁的人，忽然凌厉的眼光变得和蔼可亲。

"你也好啊，邋遢人，谢谢你。"狐狸队长客气地说。

看到狐狸队长的样子，多萝茜明白，又是邋遢人"爱的磁铁"在起着作用。马上，所有的狐狸都喜欢邋遢人了。他们围着邋遢人笑着、说着。但是托托不知道发生了什么，它正围着狐狸队伍汪汪地叫着，而且，它想找机会咬狐狸队长那只在黄马裤和红色靴子之间露出来的，长着长毛的腿。

"别吵，托托。"多萝茜喊道，"他们是我们的朋友，都不会伤害我们的。"说着，多萝茜把托托抱起来。

"对，我们都是朋友，"狐狸队长说道，"我刚开始还以为咱们是敌人呢！但是现在看起来，你们都是我们的朋友，所以，请你们随我去见国王吧！"

"国王是什么？"亮纽扣又眨巴着亮眼睛问。

"他是狐狸镇的最高统治者，我们的国王多克斯，是一个伟大而又智慧的君主。"狐狸队长骄傲地说。

"君主？君主又是什么？"亮纽扣有好多想知道的问题。

"小孩儿，你怎么那么多问题啊，别提那么多问题！"狐狸队长说。

"那是为什么呢？"亮纽扣接着问。

"啊！又是为什么！"狐狸队长大笑起来，但是他羡慕地看着亮纽扣，"对，你做得对，小男孩，就是应该多问为什么，才能知道得更多，你真是个聪明的孩子。我不应该阻拦你，啊，聪明的孩子，跟我一起走吧，现在我们必须马上去见国王了，我的职责就是保卫你们。"

狐狸士兵重新整队，迈着整齐的步伐走过拱门，向来的地方走去，多萝茜一行也都跟在队伍的后面，一同向拱门里面的狐狸镇走去。

穿过拱门，一座美丽的城市出现在他们面前，一排排大理石的房屋色彩斑斓。而且大理石上面雕刻着各种走兽与飞禽，栩栩如生、活灵活现，最主要的是每一个房屋门口都雕刻着一个狐狸头像，证明里面住着狐狸。这些房屋看起来真是精致异常。

多萝茜一行人跟着狐狸队长一边走，一边打量周围的一切，他们看见好多狐狸小姐和狐狸夫人们都穿着锦缎做的衣服，华美富丽、雍容大方。多萝茜从没看过这么美丽、富有艺术感的衣服，不住地称赞感叹。

亮纽扣看呆了，眼睛都不眨了，一直盯着这些美丽的狐狸，都来不及看前面的路，如果不是邋遢人紧紧地抓着他的手，不知道他要摔多少跟头了。

他们都觉得这一切太有趣了，托托更是激动得狂叫起来，它恨不得跑过去咬住每个狐狸的长毛腿，但是多萝茜紧紧地把托托抱在怀里，怕它到处乱跑，无端惹事，所以这个小东西在多萝茜的怀里扭来扭去，叫来叫去，真是万分焦急和兴奋。多萝茜只好不停地轻轻地拍打来安慰它，防止它太激动而蹿出去。最后托托终于安静下来了，因为它也终于发现，狐狸镇的狐狸太多了，它即便是真的冲出去，也未必能打得过。

一会儿工夫，他们便来到了宽阔的广场，广场中间矗立着一座巍峨的王宫。多萝茜一眼就看见王宫的大门上雕刻的狐狸头像，而且这个头像与其他所有的头像都是不同的。因为这个头像上戴着一顶金灿灿的王冠。

大门的旁边有一个巨大的鼓。狐狸队长走到鼓前，多萝茜还在寻找鼓槌的时候，只见狐狸队长抬起他的左腿，用膝盖敲着大鼓，然后换了右腿，又用右膝敲着大鼓。忽然，大鼓开口说道："嘭——嘭——嘭。"

狐狸队长这时说道："你们大家也一定要学习我的样子，用你们的膝盖把鼓敲响。"邋遢人照着狐狸队长的样子做了；多萝茜也学着狐狸队长用膝盖敲了敲鼓；亮纽扣觉得这样敲鼓很有意思，所以不想停下来，但是被狐狸队长制止了；托托不会用双膝击鼓，也不太会用它的小尾巴，所以只好由多萝茜替它敲了。可是，托托还是很不安静，汪汪大叫着，这使得狐狸队长有些不满。

大门徐徐打开，里面有一层帷幔也慢慢地拉开，出现在大家眼前的是一条通道，大家跟着狐狸队长向里面走去。

他们最后走进了一个黄金做成屋顶和四壁的房子，玻璃窗子都是五彩缤纷的。在屋子的正中央，有一个黄金宝座，这宝座极尽奢华，远远看上去流光溢彩、分外耀眼。狐狸国王坐在那个金宝座上，戴着一副大金边眼镜，周围都是狐狸护卫，看起来是那么庄严、威武。

多萝茜马上看出来，拱桥和大门雕刻的头像正是坐在宝座上的国王的。她因为以前的几次经历知道怎样面见国王，所以她立刻走上前去，深深鞠躬。邋遢人见状也深深鞠躬，亮纽扣动了动他金黄卷发的脑袋，说了句："你好！"

"我最尊贵的伟大的国王，"狐狸队长恭敬地说，"我在巡逻的时候发现了这些陌生人在我们的狐狸镇的道路上行走，所以尽我的职责，就把他们带来了。"

"做得好，"狐狸国王威严地说着，并用睿智的眼光扫了一眼多萝茜一行，"你们是谁，怎么到这里来的？"

"我们是用双腿走着来的，尊贵的国王，希望我们的到来能让你感到开心。"邋遢人恭敬地答道。

"那么请问，你们到这里来是想要做什么呢？"狐狸国王仍然很威严地问。

"我们是想能早点离开这里。"邋遢人说。狐狸国王再次看邋遢人的时候，已经没那么严肃了，可见邋遢人的"爱的磁铁"又起作用了。

"哦，你们当然可以离开，"狐狸国王仁慈地说，"但是在你们离开前，请允许我带你们在狐狸王国四处游玩，并且让我来款待你们。而且，能够跟多萝茜一起游览王国是我的荣幸，对于多萝茜的到来，我感到非常开心。你们或许不清楚，但是我却知道，凡是多萝茜游历过的地方，都会闻名于世界的。"

听了这段话，多萝茜很是吃惊，她从来不知道自己能够有这样的能力。但是让她更吃惊的是，狐狸国王是怎么知道她的名字的。

"尊贵的国王，你怎么知道我的名字叫多萝茜？"她问道。

"这是众所周知的事情了，多萝茜，"狐狸国王微笑着说，"自从你和奥兹国女王成为好朋友之后，我想这世上就没有几个不认识你的人了。"

"那你也认识奥兹玛吗？"多萝茜吃惊地问。

"很遗憾，我并不认识她，"狐狸国王有些无奈地说，"但是我希望在不久的将来能遇见她。你不知道吗？这个月二十一日，就是她的生日了。"

"哦？那我还真是不知道呢！"多萝茜说道。

"你怎么会不知道呢？这将是奥兹国最大的生日庆典，也将是极为盛大和奢华的。我还希望你能帮我弄一份请柬呢。"狐狸国王说道。

多萝茜听完，想了一会儿说："如果我去请求奥兹玛，我想，她是会给我一份请柬的，但是，现在我该怎么去奥兹国呢？你要知道，奥兹国离堪萨斯州可不近啊。"

"堪萨斯州 ① 吗？"狐狸国王惊讶地看着多萝茜。

"对，是的，堪萨斯州离奥兹国太远了。"多萝茜说。

"我亲爱的朋友，我不知道是什么原因让你觉得自己仍在堪萨斯州，"狐狸国王大笑着说，"这是多么有意思的事，你竟然认为这里是堪萨斯州。"

"这有什么奇怪的，我离开亨利叔叔的农场还不到两个小时，"多萝茜说，"难道你认为我在短短两个小时之内会走到别的地方去吗？"

"可是，你在堪萨斯州看见过如此漂亮的狐狸镇吗？看见过如此金碧辉

---

① 堪萨斯州位于美国中部。

煌的城市吗？"狐狸国王有些得意。

"当然，那里是没有。"多萝茜诚实地回答。

"你是不是曾经穿着一双银鞋子或者戴一条魔法腰带，从奥兹国一眨眼工夫就回到了堪萨斯州？"狐狸国王问。

"是的，我是穿着银鞋子回来的。"多萝茜说。

"那么，对于两个小时之内就到达狐狸镇，你有什么可吃惊的。从狐狸镇到奥兹国，可比从狐狸镇到堪萨斯州要近多了。"狐狸国王说。

"啊！"多萝茜喊了出来，"难道这又是一次仙境奇遇吗？"

"嗯，似乎如此呢！"狐狸国王微笑着说。

"那么，你难道是个魔法师吗？"多萝茜转身问邋遢人，"你向我打听去黄油田的道路时，是不是对我施了魔法？"说完这些，多萝茜带着责备的眼神看着邋遢人。

邋遢人诚恳地摇了摇头，说："难道你见过像我这样邋遢的魔法师吗？"

他看着多萝茜接着说："亲爱的小姑娘，我敢用我的人格担保，我绝对没有对你使用任何魔法，可是，你知道的，自从我拥有了这个'爱的磁铁'之后，我便好像拥有了某种魔力。但那究竟是什么样的魔力，我自己并不知道，所以，我不可能有办法使用魔力把你带离你的家，如果你现在想要找到回家的路，我也一样可以陪你一起去。我会全力帮助你。"

多萝茜看着邋遢人诚恳的表情，听着他真切的话，说道："没事，邋遢人，我在堪萨斯州还看不到这么美丽的风景，再说，如果我在外面待得没那么久的话，爱姆婶婶也许不会担心的。"

"这就对了，"狐狸国王说，"既来之，则安之。要相信命运的安排肯定是有道理的，你来到这里不是还遇到了新同伴吗？呃，看起来，他还是个聪明伶俐的小男孩。"

"哦，他十分可爱。"多萝茜说。

"狐狸国王，他有个响亮的名字，他叫亮纽扣。"

第四章

多克斯国王

　　狐狸国王研究性地端详着小男孩儿，从他金色卷发上戴着的水手帽，一直看到他脚上穿的破旧的鞋子，而亮纽扣此刻也眨巴着深蓝色的大眼睛打量着狐狸国王。多萝茜看到他们俩的表情，觉得特别有趣。因为在此之前，一只狐狸从不曾看到过如此美丽、可爱的男孩儿，而亮纽扣也从没有见过会说话的狐狸。也从来没有见过一只狐狸可以统治一个王国，而且整个王国那么漂亮，最主要的是，亮纽扣从来没有听谁给他讲过这么多神奇故事，所以亮纽扣对这个狐狸国王这么好奇，也不奇怪了。

　　"你从我的脸上看到了什么？"狐狸国王微笑着问。

　　"不知道。"亮纽扣回答。

　　"你肯定不知道啊，咱们才认识多久，"狐狸国王说，"那你猜猜我叫什么吧？"

　　"不知道。"亮纽扣仍然这样回答。

　　"哎，你怎么就会说不知道呢。那好吧，我告诉你吧，我的名字叫多克斯，可是，一个国王不能叫这样的名字，他得有一个官名。所以，我为自己取了官名，叫列那四世，重音在这个列上。"

"什么是'列'啊？"亮纽扣问。

"你真是个聪明的孩子！"狐狸国王称赞道，并且满脸喜悦地问身边的官员说，"你们说他是不是一个聪明孩子呢？他问我，'什么是列'？其实，'列'也不是什么，就是它本身，真的，他是个聪明的孩子。"

"这真是个可爱的问题，他也确实是个聪明的孩子。"群臣纷纷响应。

"嗯，你们说得对，"狐狸国王把脸转向亮纽扣，问道，"我已经告诉你我的名字了，现在，你告诉我，你该怎么称呼我！"

"多克斯国王。"亮纽扣说。

"为什么？"这次狐狸国王开始吃惊了。

"因为'列'什么都不是。"亮纽扣回答说。

"嗯，你确实是个聪明的孩子，那你知道为什么二加二等于四吗？"狐狸国王问。

"不知道。"亮纽扣说。

"聪明，的确聪明。确实你不知道，其实也没人知道是为什么。我们都只知道二加二等于四，却不知道为什么等于四。亮纽扣，你的那头卷发和深蓝色大眼睛却和你聪明的头脑不太相配。它们使你看起来太幼稚，甚至掩盖了你的大智慧。所以，我要给你一个恩惠，赠给你一个狐狸的脑袋，这样一来，你的外貌和智慧就相称了。"狐狸国王说。

狐狸国王一边对着小男孩说话，一边对着小男孩的脸晃动他的脚爪，忽然，小男孩的美丽脸庞、金黄卷发还有忽闪忽闪的蓝眼睛都不见了。现在长在小男孩肩膀上的是一个狐狸头：一个长毛的脑袋，一个尖小灵敏的鼻子，一对尖尖的耳朵，特别是有一双锐利尖刻的眼睛。天真可爱的亮纽扣不见了，只有一只穿着水手服的狐狸站在大家面前。

"啊，天啊，你可千万别这样！"多萝茜喊着，想要去阻止，但是已经晚了。她只能带着沮丧和遗憾的表情从亮纽扣的身边退缩回来。

"太晚了，多萝茜，木已成舟，没法改变了。如果你也变得和亮纽扣一样聪明，我也可以给你换个狐狸的脑袋。"

"我可不要，那太可怕了！"多萝茜大声喊道。亮纽扣听到这些，忽然间大哭起来，就像他还是个小男孩一样。

"你说什么呢？这么可爱的狐狸头怎么会可怕呢？"狐狸国王说，"在我眼中，他现在比以前还要俊秀，我老婆说，我审美水平很高。别哭了，我可爱的小男孩，现在开始开心地笑吧，为你所受到恩赏骄傲吧。好了，现在看看你的头，你觉得它怎么样，亮纽扣？"

"我——我——我不知道！"小男孩哽咽着说。

"求你，求你把他变回来，国王，求你！"多萝茜带着哭腔说。

列那四世无奈地摇了摇头。

"我已经不能那么做了，"国王说，"即便我想那么做，也做不到了。其实，亮纽扣特别适合这个狐狸脑袋，等你慢慢习惯，就会喜欢上它的。"

邋遢人和多萝茜一样着急发愁，因为亮纽扣遇到了这样大的变化，他们心里都十分难过。托托更是不停地对着亮纽扣的新头汪汪地叫，它认不出那是亮纽扣。于是多萝茜使劲给了它一巴掌，它这才停止大叫。可是那些狐狸官员们却对亮纽扣的这颗头很满意，认为国王给了这个小男孩无限

的荣光。

小男孩伸出小手摸摸自己尖尖的耳朵和大大的嘴巴，又开始号啕大哭，他哭得太悲伤了，这让多萝茜看了更加难过，但是看到他张着狐狸的大嘴号哭的样子还是很滑稽。而且他还使劲晃动着他的小耳朵，尖厉的小眼睛里一股股涌出泪水，看着无比可笑。但是多萝茜现在可没心情笑，因为她的朋友正难过，她心里也不好受。

正在这时，国王的三个公主出来了，她们在狐狸中算是美人了。她们看见了亮纽扣，便都称赞起来。其中一个公主说："他简直是太可爱了！"另一个说："不仅可爱，他是多么漂亮啊！"还有一个说："我看他还很温柔！"她们三个在亮纽扣身边说个没完，还不时地摸摸亮纽扣的狐狸头。

"你们说的是真的？"亮纽扣泪痕未干，可怜巴巴地问。

"当然是真的，我感觉你是这个世界上最漂亮的人了。"一个个子比较高的狐狸公主说。

"你就留在我们身边吧，和我们生活在一起，你一定要答应我，跟我们生活在一起。"第二个公主说。

"我们都太爱你了，会对你很好的。"第三位公主说。

这些称赞给了小男孩很大的鼓励，现在他不哭了，擦干眼泪，打量着周围的一切，努力想笑一下，但这都是徒劳，因为他的狐狸面庞还是僵硬的，他暂时控制不了它。多萝茜看着他的表情，心里更难过了，她觉得亮纽扣看起来又丑又笨。

"我想我们该出发了，"邋遢人说，因为他担心再待下去，狐狸国王指不定还会使出啥样的魔法。

"我请求你们多留几天，"国王列那四世说，"我要大摆宴席，盛情款待你们，你们也可以在这里尽情游玩。"

狐狸镇虽然富丽堂皇，狐狸居民们虽然热情，风光虽然优美，但是多萝茜和邋遢人都觉得在这里待着不是很好的选择，他们希望离开后再也别回到这里了。

"那现在也不能走啊，怎么说也是晚上了，"狐狸国王说，"你们至少可以住一晚，明天早晨再出发也不迟啊，今晚就请允许我为你们摆酒欢迎，然后我们可以一起娱乐，至于明天早起你们做什么决定，那就请便了。"

多萝茜他们没有理由再拒绝了，于是被一群狐狸侍从带到了一个大房间里，又是一个美丽华贵的房间。

亮纽扣害怕自己单独睡一个房间，所以就跟着多萝茜来到了她的房间。狐狸侍女们开始给他俩梳洗打扮。她们给多萝茜梳理头发，然后扎上颜色亮丽的飘带；她们小心地梳理亮纽扣脸上和头上的长毛，然后在他尖尖的两只耳朵上分别扎上了小巧的粉色蝴蝶结。现在侍女拿来了漂亮的羽毛衣服，想给他俩换上，但是被他们拒绝了。

"可是，你这么漂亮的狐狸脑袋，需要穿上更漂亮的羽毛衣服啊，那身水手衣服太破旧了，根本没办法搭配你美丽的脑袋，而且，没有一只狐狸会去当水手。"

"我不是狐狸！"亮纽扣大声喊起来。

"好吧，你不是，"侍女马上说，"可是你的头却是狐狸的头啊，所以看起来你跟狐狸没什么区别。"

小男孩听见这话，又想起刚刚被变成狐狸脑袋了，所以忍不住哭起来。多萝茜听到这里，起身走到他身边，不停地安慰他，并且还说要帮助他回到以前的样子。

"可爱的亮纽扣，你的头也不是没办法变回来，只要我们去奥兹玛那里，我想她一定有办法把你变回原来的样子，"多萝茜说，"所以，亮纽扣现在要安心地戴着这个狐狸脑袋，因为不久的将来，你就不会拥有它了。你这样想，就不会难过了，难道你做不到吗？"

"不知道。"亮纽扣疑惑地说，但是从那一刻起，他便不再哭了。

侍女们已经给多萝茜系好缎带了，现在他们应该出发去赴宴了。他们在去的路上遇见了邋遢人，发现他还跟以前一样邋遢，他不肯换掉他那身脏衣服，因为他觉得如果那样他就不是邋遢人了。他要保持自己的本色，不想变成一个新的自己。

其实，他已经洗过他的大胡子和他那鸡窝一样乱蓬蓬的头发了。但是，他没办法做到让它们看起来像洗过的样子，可能梳理的手法不对吧，他这样告诉自己。

他们来到宴会现场，发现那些参加宴会的人都穿戴整洁干净，而且华美富丽。相比之下，多萝茜一行显得太过简朴，似乎与这宴会格格不入。再看国王摆下的宴席，更加奢华，但是多萝茜一行在这里受到了礼遇，狐狸镇王国的臣民对他们很是尊敬和热情。

宴席上的食物大多是鸡和鹅，这是狐狸们的最爱，一应菜品都是厨艺高超的厨师做出来的，鸡汤、烧鸡、烤鹅、炸鸡、鹅肉馅饼等等，看着都美味极了，来宾们一边称赞厨艺，一般吃得津津有味。

吃完晚饭，他们又去了一个大剧院，狐狸演员们穿着五彩斑斓的羽毛戏服，在舞台上生动地表演着。他们演的是一个狐狸姑娘被狼偷走，在狼正要吃她的时候，被一群狐狸卫兵及时营救的故事。故事的结局是狼被狐狸国王枪毙了。

"你感觉这部戏怎么样？多萝茜。"狐狸国王问。

"不错啊，"多萝茜说，"这让我想起了一本书的名字：《伊索寓言》。"

"我不想知道关于伊索的任何事，"狐狸国王有些激动地说，"这个人虽然写了很多关于狐狸的故事，但是多半都是在丑化狐狸，把狐狸们写得奸诈、狡猾，其实现实的我们是和蔼可亲的。"

"但是《伊索寓言》这本书上，写的却是你们如何的机智聪敏，任何动物都无法超越你们。"邋遢人说。

"当然，我们就是这样的，具有人类所无法比拟的智慧。"狐狸国王骄傲地说，"我们凭着我们的头脑做事，没有去故意伤害任何人，可是那个可恶的伊索却一味贬低我们。"

多萝茜和邋遢人都没有说什么，因为他们知道，狐狸国王比他们更了解狐狸，在这件事情上，他们没有发言权。所以他们开始静静地看戏，亮纽扣似乎对这部戏很感兴趣，一时竟忘记自己的狐狸脑袋了。

演出结束后，他们回到了王宫，休息的时候他们发现，被子都是用羽

毛填充的，非常柔软。这是用狐狸平时抓到的禽类的羽毛制成的，所以他们才有了漂亮的羽毛衣服和温暖的羽毛被子。

多萝茜很奇怪，为什么这个王国的狐狸要穿着羽毛衣服，而不是用自己的皮毛御寒呢？她曾经问过多克斯国王，可是国王说："我们之所以穿衣服，是文明进步的结果。"

"可是，你们是不用穿衣服的，"多萝茜说，"我觉得你们的皮毛就是你们的衣服。"

"人类在最初也不穿衣服，"狐狸国王说，"但是随着文明的进步，他们从最初只穿兽皮和树叶，到现在已经穿着各类的服装。文明在一点点进步，人们的服装也在一点点变化，人们穿衣服已经不是为了单纯的遮挡和保暖，而是如何让自己更漂亮，招徕更多的青睐和羡慕。我们狐狸也是一样，把大部分时间花在了如何穿戴上。"

"我可不在乎这些。"邋遢人说。

"呃，看得出来，"多克斯国王说着上下打量着邋遢人，"可能你的文明

还没开化。"

他们几个人美美地睡了一觉。第二天早晨，狐狸国王又为他们安排了丰盛的早餐。吃过早餐后，他们就决定要出发了。

"谢谢你的款待，"多萝茜说，"你对我们很好，当然除了亮纽扣，我们都很开心。"

"这是我应该做的，"狐狸国王说，"那么我的请求——一张奥兹玛的请柬，你可一定要帮我。"

"我答应你的事，一定会尽力的。"多萝茜说。

"嗯，千万别忘记日期，这个月的二十一日，"狐狸国王叮嘱着，"我一看到你就知道幸运之神光顾了我，你的朋友是奥兹玛，我是多么期待去拜访一下翡翠城啊，如果你帮我弄到了请柬，我就要想办法跨过这个沙漠了。"

"好的，如果见到奥兹玛，我一定会求她的。"多萝茜说。

狐狸国王还周到地准备了路上的食物，邋遢人把它们塞到了自己的大口袋里。狐狸队长再次把他们送到一个大拱门前，这个大拱门跟来的时候看到的那个一模一样，只是一个在镇的这边，一个在那边，这边的拱门前把守的士兵更多一些。

"你们的敌人很多吗？"多萝茜问狐狸队长。

"不是的，因为我们防备工作做得好，基本上没人能够伤害我们，所以人们也都不愿意跟我们为敌。"狐狸队长说，"可是，再往前走，那个村庄里住着巨大而又粗笨的野兽，如果我们不是防备这么好，他们肯定会过来骚扰的。"

"他们是什么野兽？"

狐狸队长沉思了一会儿，最后，他说道："我想，只要你们到了那个地方就知道了，亮纽扣这么聪明，还拥有最可贵的狐狸脑袋，他一定会想出办法救你们的。"

这些话却让多萝茜和邋遢人有些惴惴不安了，因为他们知道亮纽扣并不聪明，也不可能想出办法救他们。但是，狐狸队长不肯再多说了，所以他们只能告别狐狸队长，重新上路了。

第五章

彩虹的女儿

托托终于不用在多萝茜怀里着急了，它现在开始追逐蝴蝶，对着鸟儿汪汪地叫，围绕着小队伍来回地跑，它简直太开心了。

周围的景色也特别迷人，开阔的田野上没有任何人烟。野花遍地，树木丛生，鸟儿和鸣，洁白的野兔在灌木丛里穿梭。多萝茜还看到一只小蚂蚁背着一颗三叶草的种子，在大路上悠然地爬着。这里的一切都具有一种原始美，让这群小伙伴很开心。

他们走了两个多小时，仍然没看到有人家，亮纽扣体力很好，一点也不觉得累。就在他们想走过一个转弯后休息一下的时候，他们看到了一个奇异的画面。

一个身姿优美的女孩出现在他们的视野，她面如满月，盈盈生辉，身姿婀娜，正在翩翩起舞，裙袂飘摇，足下生辉。

多萝茜觉得她的裙子是蜘蛛丝制成的，那么轻薄，那么柔软，而且裙摆上还映衬着斑斓的色彩，而这些颜色又是那么柔和、和谐地混合在一起，彼此交融。

女孩的头发像金色的瀑布成股流下，那么自在和奔放，不受束缚，不受羁绊，随意飘洒。多萝茜看得都入迷了，他们不由得走了过去，想要近距离看看这个有着迷人舞姿的美丽女孩。这个小女孩比多萝茜个子高，身材却更加苗条，年龄也跟多萝茜相仿。

她看到了陌生人，停止了跳舞，一只脚站在那里，盯着多萝茜一行。她的眼神里充满畏惧，像是一只刚刚会走的小鹿遇见了陌生的动物一样，怯怯地站在那里。又像一个定格了的舞蹈家的雕塑，一只脚着地，为了保持身体平衡，手平举着，这个姿势让人想起飞天的仙女。多萝茜忽然看见她紫色的大眼睛里充满了泪水，然后一股股流出来，流淌在粉嫩的面颊上，这太让人怜惜了。

于是多萝茜走上前去，用无比温柔的声音问道："美丽的姑娘，你不快乐吗？"

"对，我不快乐，"女孩回答说，"我迷路了，找不到家了。"

"我们也是一样迷路了，找不到家的，"多萝茜笑着说，"可我们谁都没哭，用不着那么悲伤的。"

"你们为什么不哭，为什么不悲伤？"小姑娘含着泪问。

"因为我们知道，我们最后肯定能找到回去的路。"多萝茜坚定地说。

"可是我从来没有迷路过，"小女孩喃喃地说，"所以我真的很害怕，很着急。"

"别怕，"多萝茜说，"我刚刚看见你在跳舞，悲伤的人还能跳舞吗？"

"因为我感到冷，所以才跳舞，"女孩柔声解释道，"绝不是因为开心。"

多萝茜看着那轻纱七彩外衣，这衣服真的可能不太暖和，可是阳光真的很好，很温暖，一点都不冷。

"美丽的姑娘，你叫什么名字？"多萝茜温和亲切地问。

"我叫七彩。"小女孩礼貌地回答道。

"七彩？那是什么？"多萝茜问。

"七彩姑娘，我是彩虹的女儿。"

"哦，"多萝茜非常吃惊，"我竟不知道彩虹还有女儿，对，我应该早点就知道你是彩虹的女儿，除此之外不可能是其他什么人。"

"你为什么这么说？为什么不能是其他人？"小女孩有点不明白。

"因为除了彩虹的女儿，没人像你这么漂亮、可爱。"多萝茜说。

小女孩现在不哭了，她走过去，拉着多萝茜的手，准确说，她是把纤细的小手放在了多萝茜宽厚的手掌里。"我相信你会成为我的朋友，对吗？你不会拒绝的，对不对？"她期待着。

"这个是肯定的，我愿意。"多萝茜笑着说。

"那你能告诉我你叫什么名字吗？"七彩说。

"多萝茜，这是我的名字。这个看起来很脏的人，就管他叫邋遢人吧，他有一个'爱的磁铁'。这个狐狸头的是亮纽扣，别看他现在这样，以前可是很漂亮的小男孩，这都是狐狸国王把他变成这样的，真希望他能变回原来的样子。"

七彩姑娘对她的新朋友们很是好奇，一个个仔细地看着，她很开心，因为以后她有了同伴就不会再害怕了。

"那它呢？它是谁？"她指着托托问道，此刻，托托正抬着它那小脑袋，伸出小舌头，晃动着小尾巴，对七彩表现出十二分的友好，托托是喜欢这个美丽的小姑娘的。

"它呀，它是托托，我最好的伙伴。"多萝茜说。

"难道它也中了什么魔法吗？"七彩怜惜地问。

"哦，不是的，七彩——呃，我可以叫你七彩吗？这样叫起来容易些。"多萝茜问。

"可以，只要你开心，多萝茜。"七彩说。

"哦，七彩，托托只不过是一只小狗，但是，老实说，它比亮纽扣还聪明懂事，是我最喜欢的小

狗。"多萝茜说。

"它看起来真的很招人喜欢，我很喜欢它。"七彩说着，优雅地俯下身子用小手抚摸着托托的脑袋。

"可是，我有一件事不明白，作为彩虹的女儿，你怎么会在这里？怎么会迷路的？"邋遢人这时候问。

"唉，就在今天早晨，我的父亲将彩虹的一端搭在了这条大路上，我当时正在彩虹的中间跳舞，我很喜欢跳舞，可是我跳得太忘乎所以了，一不小心从彩虹上滑到了末端。可就在这时，我父亲开始收拢彩虹，他根本没有注意到我，所以我没有抓住末端，被留在了这条荒无人烟且寒冷坚硬的大路上。"七彩伤心地说。

"可是，我觉得现在并不冷啊，七彩，"多萝茜说，"是不是你穿的衣服太薄了，不够暖和？"

"多萝茜，你不知道，我生活在离太阳很近的地方，我已经习惯了，"七彩说，"所以，我特别害怕冻死在这冰冷僵硬的土地上，就一直跳舞取暖，可是，我不知道怎样才能回到家里去。"

"或许你的父亲会发现，然后再次搭一座彩虹桥来搭救你。"多萝茜安慰道。

"我想会的，但是他现在可忙了，正是多雨的季节，他在世界各处搭建着彩虹，估计顾不上我了。可是我该怎么办呢？多萝茜。"七彩可怜兮兮地说。

"那你跟我们一起走吧，七彩，"多萝茜邀请道，"我们现在正要去翡翠城，那里的女王奥兹玛过生日，她有很强大的魔法，我相信她一定有办法把你送回到你父亲的身边。"

"那是真的吗？"七彩急切地问。

"当然，我确定是真的。"多萝茜看着七彩肯定地说。

"那请带我一起去吧。"七彩说，"或许走路会让我觉得暖和起来的。至于我的父亲，只要他有心，就一定会在任何地方找到我的。"

"好啊，让我们一起出发吧。"邋遢人开心地说。

于是他们重新出发了。七彩紧紧握着多萝茜的手，像个第一次出远门的孩子，怯怯的，对一切都是新奇的，仿佛一刻都不敢离开。但是她的性格多么易变啊，下一刻，她忽然松开多萝茜的手，向前跑去，然后立定翩翩起舞，旋转的双脚带动纱裙，美得令人沉醉。然后，她会再回到多萝茜的身边，拉着她的手，脸上带着微笑，眼神充满光彩，她又恢复到以前无忧无虑的性格，把所有的烦恼都抛在了脑后。

多萝茜他们越来越喜欢七彩，因为她让旅途变得轻松快乐，她的舞姿和银铃般的笑声，让所有人都开心快乐起来，有了七彩，一切都变得多彩起来。

第六章

驴 城

午餐的时候，他们打开了狐狸国王送的食篮，里面有一只美味的烤火鸡，上面涂抹着酸果沙司，还有几片涂满了奶油的面包。他们都感叹着狐狸国王的细心和周到，并在路旁的草地上坐了下来，多萝茜把面包分给大家，邋遢人拿着小刀把火鸡切开，分给大家吃。

可是七彩只是盯着大家看。

"有露珠、雾饼或者云彩面包吗？"她小声地询问。

"哦，七彩，我们这儿的人都吃这些。不过狐狸国王准备了凉茶，你要不要喝一点儿？"多萝茜询问。

可是七彩看着亮纽扣正津津有味地吃一块火鸡。

她好奇地问："好吃吗？"

亮纽扣使劲点着头。她又问："那能给我吃吗？"

"我吃的这块不能。"亮纽扣说。

"我是说另一块。"七彩说。

"不知道。"亮纽扣说。

"那好吧，我要试试，因为我简直饿坏了。"七彩说，然后像下了很大决心似的，拿起邋遢人割成薄片的鸡胸肉和一小片奶油面包。她小心地咬了一小口，然后她忽然发现火鸡是这么美味，比雾饼要好吃多了，但是她只吃一点儿就吃饱了，于是，她喝了一小口凉茶便结束了午餐。

"你怎么吃得那么少？"多萝茜说，"差不多和一个苍蝇吃的一样多。"多萝茜正在美美地享受着午餐，她咽了一口面包接着说："我在奥兹国认识了几个人，他们根本不用吃饭的。"

"什么人不用吃饭？"邋遢人很是好奇。

"一个是稻草人，他肚子里塞满了稻草，根本不知道饥饿是什么东西；一个是铁皮人，他也不会饿，他们一辈子不需要吃什么东西。"

"他们是活人吗？会说话、走路吗？"邋遢人真的很好奇。

"当然会了，"多萝茜说，"他们不仅是活人，他们还特别聪明、善良和亲切。如果到了奥兹国，我一定带你们去见他们。"

"你真的觉得咱们能到奥兹国吗？"邋遢人说。

"其实我也很茫然，"多萝茜认真地说，"但是我的经验告诉我，只要我迷路了，最后一定会到奥兹国的，所以，我觉得这次也一定能到那里，相信我，一定会的。"

"稻草人很吓人吗？"亮纽扣忽然问。

"当然不会，你又不是乌鸦，他为什么要吓唬你。"多萝茜说，"而且，他是最善良的稻草人，他脸上始终有着迷人的微笑。只不过有一点，他的笑是用笔画上去的，他没法改变。"

午餐结束了，他们又开始了新的旅程。多萝茜和邋遢人、亮纽扣并排走着，七彩一会儿就跑到前面去跳舞，然后用清脆的笑声迎接他们。

但是，过了一会儿，七彩有点害怕地对他们说："我发现前面有一座城市。"

"这是意料之中的，"多萝茜回答道，"狐狸队长曾经警告过我们，我们

会路过一个城市，城市里有巨大的野兽，这些野兽又大又笨，非常吓人。但是，我们不必害怕，因为他们是不会伤害我们的。"

"那不就行了，"亮纽扣说，"没什么好怕的了。"

"这座城市简直太大了，"七彩担心地说，"可是大路正好从城市的中间穿过。"

"不用担心，"邋遢人说，"我手里有'爱的磁铁'，所有的人包括动物，都会非常喜欢我的。你们放心，我绝对不会让他们伤害你们的。"

邋遢人说完这些话，伙伴们心里都踏实多了，他们放心地前进。过了一会儿，他们看到了一个路标，上面写着："距离驴城半公里"。

"哦，"邋遢人说，"驴城里肯定都是驴，那我们有什么好害怕的。"

"你不知道吗？驴会踢人的。"多萝茜低呼道。

"我们可以折一段树枝当作鞭子，这样他们就不敢对我们怎么样了。"邋遢人说着，便从树上折了又长又细的树枝，给自己当鞭子，他还给其他人也都准备了短枝条当鞭子用。

"对这座城市的动物，你们不要吝惜自己的号令。"邋遢人讲解道，"他们是听着命令长大的。"

不久，他们就来到了城门口。高高的城墙涂刷成白色，所谓的城门不过是墙上随意开了一个豁口，连门板都没有。城墙的顶端没有城楼和瞭望台，也没有圆圆的屋顶。他们靠近这个简陋的门，没有看见一个活物。

但是正当他们想要迈进这个豁口的时候，忽然耳边响起震耳欲聋的响声，他们抬眼望去，原来不远处悬挂着许多白铁皮和薄铁片。一群驴正在用蹄子踢这些铁皮和铁片，制造出很大的声响。

邋遢人见状，赶紧跑到第一只驴的跟前，用鞭子使劲抽着驴腿。"停止，停下来。"他咆哮着。这只驴忽然停住了，瞪大了眼睛盯着邋遢人。邋遢人于是又用鞭子抽打第二只驴、第三只驴……过了一会儿，所有的声响便都停止了，驴们聚在一起，用惊恐的眼睛注视着邋遢人，腿不停地打着哆嗦。

"你们为什么要闹出这么大响声？"邋遢人问，"不觉得太吵了吗？"

"我们是在吓退狐狸，"一只驴低声回答说，"狐狸最怕喧闹，一听见这种声音，马上逃跑了。"

"可是我们这里没有狐狸啊。"邋遢人说。

"可是，恕我直言，"那只驴说，"哪怕只有一只狐狸，我们也要那样做。"他笔直地坐在那里，冲着亮纽扣挥舞了一下驴蹄。"我们看见了他，便以为这是狐狸部队的先锋。"

"他叫亮纽扣，他不是狐狸，"邋遢人说，"只不过被狐狸国王赐予了一个狐狸脑袋，以前他可是漂亮的小男孩，不过，我们会找到办法使他的头变回到原来的样子的。"

"原来是这样，"这只驴沉思地晃了晃耳朵，"那还真是一场误会，对不起，让你们受惊了，我们也白白担忧了。"

所有的驴都坐了下来，用他们玻璃球似的眼睛仔细端详着这群来客。

驴们坐在那里，脖子上都戴着白色的、画着贝壳和珍珠图案的领子，看着这个奇异场面，多萝茜觉得很好奇。驴先生们都在两个尖耳朵之间戴着高高尖尖的帽子，驴太太们都戴着阔边的遮阳帽，帽子上面有两个洞，可以把耳朵从里面穿过来。但是他们没有穿衣服，只用长长的毛当作衣服。他们前腿的关节处戴着金的或者银的镯子，后腿的脚踝处戴着不同形状的金属带子。

他们踢人时，用前腿保持平衡，但是现在他们都站着或坐在后腿上，把前腿当作了手臂，多萝茜很好奇，他们都没有手是怎么完成那么多事的。

驴们有的是白色的，有的是棕色的，还有灰色和黑色的。竟然有几只还是带有斑点的，他们的皮毛都光滑整洁，虽然那个领子和帽子戴得有些标新立异，但是整体看来，他们是干净的。

"哦，不过这么大的声响用来欢迎客人，不太合礼数。"邋遢人说。

"不是我们要刻意怠慢客人，"一只从未开口说话的灰驴说道，"你们来之前，也没有送上拜访的帖子，我们并不知道你们是客人。"

"这说得也有道理，"邋遢人说，"可是，现在我可以告诉你们，我们是最聪明、最权威的旅行家，你们应该用标准的待客礼仪招待我们吧。"

驴们听了这些话，不禁对多萝茜他们肃然起敬，他们带着诚意对邋遢人鞠躬。那只灰色的驴说："那么现在，我要带你们去拜见我们伟大而尊贵的国王陛下，他叫踢踢—叫叫，我想国王一定会以最高的标准来招待你们的。"

"这就对了，"多萝茜说，"快领我们去见见有点见识的人物吧。"

"啊，尊贵的客人，我们都是有见识的人，不然，我们怎么能称为驴呢！"那只灰驴神色严肃地说，"你难道不知道，在字典里，驴是'智慧'的意思吗？"

"这我还真不知道，"多萝茜说，"我知道的却是正与之相反的'愚蠢'的意思。"

"可爱的姑娘，这可是天大的笑话，你可以去查看一下《驴大百科辞典》，那样你就知道你有多可笑，而我有多正确了。现在，我也可以先带你们去见我们最杰出、最伟大、最智慧的国王。"

现在多萝茜明白了一个事实，那就是所有驴都喜欢用浮夸的词汇来充实自己的内心。就像这只灰驴一样，这都是习以为常的事情。

第七章

遍遍人变形

多萝茜他们发现这里的房屋都不是很高大，而且都是方形的。屋内屋外全部都粉刷成白色。房屋排列并不像其他城市那样整齐，不成行，也不成列，七零八落的，这一幢，那一幢，像迷宫一样。

"像那些带着门牌号和街道号的国家都是愚蠢的人统治的。"灰驴说，他用他的前腿指点着，用他的后腿指路，多萝茜觉得他的样子像个滑稽的小丑。"大智慧的统治者是不会给任何人留下任何记号的。"灰驴一边带路一边对多萝茜他们说着，"熟悉一个地方是不需要标记的，那太荒唐了，而且，我也觉得杂乱无章的城市才是最美的，比那些规规矩矩的、横竖成行的城市要美丽不知多少倍。"

多萝茜虽然不同意他的说法，但是没有马上开口辩驳。一会儿，他们来到了一幢房子前，房门口挂着一个牌子，上面写着：蹄学家——德·费凯夫人。

多萝茜问道："请问，蹄学家是什么人？"

"蹄学家就是给我们看蹄相的专家。你知道的，就像你们人类看手相，而我们是看蹄子。"灰驴说。

"哦，我明白了，那你们这真是太文明了。"多萝茜感叹地说。

"当然，"灰驴骄傲地说道，"驴城是世界上最文明最先进的城市。"

他们走到了一幢正在粉刷的房子前，两只驴正在粉刷白墙壁，多萝茜好奇地停下来看。驴们把自己的尾巴梢当作刷子，蘸上白色的涂料，熟练地在粉刷。只见他们屁股对着屋子，来回摆动着尾巴，墙上就均匀地涂上了白色，于是尾巴再一次蘸上白色涂料，继续刷着。

"这是在做游戏吗？"亮纽扣说。

"不，你错了，他们这是在工作。"灰驴说，"我们让年轻的驴来做这些工作，省得他们游手好闲，这是一种历练。"

"可是，他们不用上学吗？"多萝茜问道。

"天生聪颖的驴是不用上学的，"灰驴说，"生活就是我们的学校，能教给我们一切所不会的技能，聪明的人从实干中学到东西，而只有无知的人才从书本里获得一切。"

"也可以说，如果一个人觉得自己无所不能，那他就是一无所知的人。"邋遢人点评道。灰驴正好没有听见这句话，因为他在一幢房子前站住了。这幢房子的房门上画了两只交叉的驴蹄，蹄子中间还夹着一根驴尾巴，画的上面是一根权杖和一个简陋的王冠。多萝茜想这里应该就是国王陛下的住所了。

"我首先要确认一下我们尊贵的国王是不是在家。"灰驴说着抬起头，对着房门大声叫起来，"威——嚯！威——嚯！威——嚯！"声音里充满了恭敬和仰慕。大叫三次之后，他转过身去，用他有力的后蹄猛烈地踢踹着门板，里面好半天也没反应。过了一会儿，多萝茜看到门板开了一道缝隙，刚好够一个驴头伸出来。一只苍老白发的驴用发抖的声音问道："狐狸呢？都走了吗？"多萝茜看到老驴瞪大的圆眼睛里都是恐惧，巨大的耳朵竖着，十分警觉。

"我最尊贵的陛下，来这里的并不是狐狸，而是著名的、伟大的旅行家。

这一点我已经证实过了。"灰驴答道。

"啊,"驴国王稍微安心下来,"那快请贵客进来吧。"

他把门打开了,多萝茜一行大步走了进去。屋子里很宽敞,但是他们都觉得这里不像以前见过的任何王宫。地上铺的不是地毯,而是青草编织的草席,虽简陋倒也干净。除此之外,国王陛下的屋子里再无其他家具,或许国王也不需要其他的家具。

国王陛下坐在草席的正中央,一只棕色的驴赶紧送来一顶金灿灿的王冠,国王接过来戴在头上,接着棕驴又送来一根黄金权杖,国王笔直地坐在那里,用两只前蹄接过金权杖。

"好了,"国王扇动着两只长长的尖耳朵,温和地说道,"现在,告诉我,你们来这里想让我为你们做什么?"他用敏锐的目光看着亮纽扣的狐狸头,仿佛害怕那个巨大的狐狸头掉下来一样。他就那么一直盯着,看都不看正在说话的邋遢人。

　　"驴城最伟大、最威武的国王陛下啊，"邋遢人严肃地说道，他克制着自己不让自己笑出来，"我们之所以踏上你们尊贵的国土，是因为我们正在进行旅行，不穿过你们的王国是无法到达目的地的，我们无心冒犯，但是这里没有别的路可以选择。我们现在唯一想做的就是向你——最伟大、最聪明的国王致敬，然后我们还得继续上路，完成我们的旅行。"

　　这番话让驴城国王很是开心，他特别喜欢别人说他是最聪明的国王，但是邋遢人却不知道，开心的背后却是他的不幸。但，造成这份不幸的也许还有他拥有的那块"爱的磁铁"，可是不管因为什么，那只满头华发的驴国王用喜悦而宽厚的声音说："从你的这番话就能看出你是个聪明无比的人，可是你作为一个人来说，这份才华太可惜了，只有驴才配有这样的智慧。我看见你的时候，就觉得应该对你好，像对待我的驴们那样。所以，我现在要赏赐你别人从未有过的殊荣——将你的头换成驴的头。"

　　他说着便在邋遢人头顶上晃动着他的金权杖，邋遢人又叫又跳，拼命拒绝，但是却毫无意义。他长着连腮胡子的邋遢脑袋不见了，取而代之的是一个巨大的竖着长耳朵的驴脑袋。然而，这个驴头仍然是邋里邋遢、不

干不净的。多萝茜和七彩见状便乐得直不起腰来，连亮纽扣那张狐狸脸上都绽放了一缕笑容。

"哎呀，哎呀——"邋遢人痛苦万分地抱着头，手刚触到尖尖的耳朵就难过地叫了起来，"我这是做了什么错事，要受到如此惩罚，哎呀——快把我的头还给我，你这蠢驴，如果你还有点喜欢我，就把我变回原来的样子。"

"难道你不喜欢这高贵的头吗？"国王非常吃惊。

"天啊，快变回来，把我的头变回来。"邋遢人歇斯底里地喊。

"变不回来了，"驴城国王说，"太晚了，我的魔法只限于把你的头变成尊贵的驴头。你若真的不喜欢这个驴头，你必须去诚实池，在那里洗个澡，这样你才能恢复到以前的样子，不过我觉得你现在比以前漂亮多了，劝你还是留着这个宝贵的头。"

"那是你的审美有问题。"多萝茜不快地说。

"快告诉我，诚实池在哪里？"邋遢人急切地问。

"应该是在伟大的奥兹国，具体在哪里我就不清楚了。"国王含糊地回答。

"算了，别着急，"多萝茜笑了，她看见邋遢人使劲摇晃着那个大驴头，实在忍不住，"如果诚实池在奥兹国里，那么我们到了奥兹国，还愁找不到它吗？"

"啊！难道你们是要穿过这里去奥兹国吗？"踢踢—叫叫国王着急地问。

"我也不确定我们是否能到达那里，"多萝茜说，"但是有人对我说那里离我的家乡堪萨斯州很近，所以，如果我想回家，我就必须去那里。"

"哦，那你认识伟大而尊贵的奥兹玛公主吗？"踢踢—叫叫国王期待而急切地问。

"认识啊，她是我的朋友。"多萝茜回答。

"啊哈，那太好了，不知道你肯不肯帮我一个忙呢？"国王说。

"说来听听，是个什么忙呢？"多萝茜问。

"你听说了吗？这个月是奥兹玛公主的生日，或许你能帮我弄到一张生日庆典的请柬，这个庆典肯定是最盛大、最豪华、最奢侈的。我是多么想参加啊。"国王无限向往地说。

"哎呀，老天，你把这糟糕的驴头安在了我的肩上，还想要得到庆典的请柬，你该受到惩罚。"邋遢人实在控制不住自己的情绪。

"哦，我请求你不要这样说，邋遢人，"七彩哀怜地说，"我听到你这样说，浑身冰冷。"

"美丽的七彩，请原谅我的刻薄，"邋遢人说，"可是你不是我，不能够感受我的心情，我的这颗大驴头时时刻刻想嚷叫，我懊恼极了。"然后他转向亮纽扣："亮纽扣，你的狐狸头怎么样，也想要嘶鸣吗？"

"不知道。"亮纽扣盯着他那两只尖尖的驴耳朵慢腾腾地说。他似乎对这颗驴头分外感兴趣，竟然忘记了自己有颗狐狸头的事实。

"七彩，你觉得呢？我们到底该不该帮他向奥兹玛要请柬？"多萝茜询问地看向七彩。七彩这个时候正在房间里走来走去，像一片移动的七彩祥云，漂亮极了，她没法使自己停下来。

"亲爱的，你自己决定吧，"七彩温柔地说，"或许他的样子，能让奥兹玛公主开心一笑呢！"

"那这样好了，如果你今晚能给我们好吃的饭，并且找一个舒适的房间让我们休息一晚，"多萝茜说，"那我就会跟奥兹玛公主请求给你一张生日请柬。当然，前提是我能到达奥兹国。"

"啊哈，那真是太简单了，"驴城国王说，"一顿美味的晚餐和舒适的房间不是问题。可是，你们喜欢吃什么呢？麦麸粥还是刚刚成熟的饱满的燕麦粒？"

"雾饼和云彩面包是我的最爱。"七彩柔声说道。

"我要吃火腿三明治和苹果，"邋遢人说，"尽管你把我变成驴头，但是我还是要保持我的饮食习惯。"

"我想吃苹果馅饼。"亮纽扣说。

"我觉得牛排和巧克力夹心蛋糕是最好的晚餐，"多萝茜说，"要是有点葡萄汁就更好了。"

"噢？你们吃的都是些什么啊！这么奇怪，"驴国王说，"除了驴，你们每种生物都那么麻烦吗？"

"你这种驴，才是所有生物里最最麻烦的！"七彩笑着说。

"好吧，"驴国王说，"我想我可以满足你们的要求，我的权杖什么都可以变出来，但是如果你们不会品尝，那就不是我的错了。"

说完，国王挥动金权杖，于是在他们面前出现了一大桌子丰盛的晚餐。单是这餐桌就很漂亮，还有美丽的台布，每个人想吃的东西都在桌子上。多萝茜的牛排嗞嗞地响着，香气扑鼻；邋遢人要的苹果又大又红；亮纽扣的苹果馅饼松松脆脆；七彩的云彩面包绵软香甜。大家都忍不住地围过来，拿起自己喜欢的食物吃起来。那是一顿丰盛的晚餐。

晚餐过后，国王吩咐棕色的驴带客人们去房间休息。房间里没有家具，但是有几张干净的床，床上铺着稻草和青草编织的垫子。多萝茜他们吃饱了，也已经很累了，现在只要有睡觉的地方就心满意足了。他们躺下来，美美地睡了一个晚上。

第二天早晨，天刚蒙蒙亮，大家就被一声响亮的叫声惊醒，接着每只驴都发出极大的嘶鸣声，邋遢人控制不住自己，也发出了响亮的驴叫。

"闭嘴,"亮纽扣竟然生气了,"停下来!"多萝茜和七彩也用极其抱怨的眼神看着邋遢人。

"我也是不由自主,"邋遢人说,"我亲爱的朋友们,实在抱歉,我控制不了这可恶的叫声,但是我一定努力控制。"

伙伴们当然都原谅了他,或者是他身上那个"爱的磁铁"起了作用,大家还是像从前那样喜欢他。

他们虽然没看见驴城国王,但是早餐还跟昨天晚上的晚餐一样,满满的一大桌子摆在他们面前。

"早晨我可不想吃馅饼。"亮纽扣不开心地说。

"那我分给你一块牛排吧,这份牛排量大,足够咱俩吃。"多萝茜说。这样亮纽扣就开心了。邋遢人觉得自己的苹果和火腿三明治足可以让自己吃饱,但是他仍然把亮纽扣的馅饼吃掉了。七彩喜欢她的早餐,吃着她最喜欢的云彩面包,满足极了。托托吃了剩下的牛排,为了表示感谢,直立着后腿用前腿接住牛排,姿势很优美。

吃完早饭,他们就出发了,穿过驴城,棕色的驴把他们送到城门口。

"踢踢—叫叫国王陛下说，请你记着一定要把请柬给他带来。"棕色驴在分别的时候说。"好了，我记住了。那么再会吧。"多萝茜说。

现在他们看到一条蜿蜒的路，这条路通向遥远而陌生的远方。但是他们义无反顾地走了上去，沿着大路一直向前走去。路旁有无边的原野，羽毛般的胡椒树和带着幽香的含羞草都让他们很开心。而他们自己也是一道美丽的风景。美丽的七彩姑娘走在队伍的最前面，她多彩的纱裙随风飘拂，像一道美丽的彩虹，她翩然跳着舞，一会儿停下来跑到路边采一把野花，一会儿蹲在路旁看一只甲虫爬过大路中央。托托跟在七彩后面跑着、叫着，欢快地追着蝴蝶、小鸟。只有跟在多萝茜的身边时，托托才能恢复平静，稳稳地小跑着。亮纽扣挽着多萝茜的手，水手帽戴在狐狸头上，看起来怪异而可爱。最可笑的就是邋遢人，他走在队伍的最后，拖着沉重的驴头，手放在邋遢的大口袋里，踢踢踏踏地走着。

他们都很快乐，即便偶尔会遇到烦恼和小小的不愉快，但是他们每个人都知道，这只不过是通往仙境途中的一点儿小冒险，而他们很享受这种冒险，并且都期待着下一个新奇的事。

第八章

乐器卜

半个小时后，他们面前出现了一个缓缓长长的山丘，爬过这座山丘之后，他们看见了一个美丽的山谷。让人感到意外的是，这个山谷里面还有座小屋子，孤零零地立在路旁。

这是这么久的跋涉后，他们第一次看见人住的屋子，于是他们飞速地赶过去，想去看看是否有人住在那里。快到这个屋子的时候，还没看见有人，但是当他们继续走近屋子的时候，忽然听见一种奇怪的声音，他们不知道这是什么声音，更接近了，才觉得这声音有些像手风琴的声音。

"这是什么声音？帝德尔——微德尔——伊德尔，嗡蓬——蓬！嗡蓬——蓬！嗡蓬——蓬！是不是口琴？"多萝茜学着那声音。

"不知道。"亮纽扣说道。

"我想应该是老式留声机。"邋遢人竖着他的驴耳朵评论着。

"不会是跟奥兹国里一样可笑的留声机吧！"多萝茜有点兴奋地说。

"我觉得这声音还不错。"七彩说着，就跟着旋律跳起舞来。

帝德尔——微德尔——伊德尔，嗡蓬——蓬！嗡蓬——蓬！嗡蓬——蓬！

这声音还在继续，于是他们走进了屋子。他们看见门口放着一张长凳，上面坐着一个又小又胖的男人。矮小的男人穿着一条白裤子，裤腿两边镶着金色条纹，还穿着一件金边齐腰的红夹克，夹克里面是一件蓝色的背心。头上戴着一顶红色的圆帽子，两边有带子，系在下巴下面，隐约能看到他是个秃头。他圆圆的脸上有一双淡蓝色的眼睛，戴着白手套的手上有一根金权杖。

他一直坐在座位上，看着越来越近的客人们。多萝茜他们惊讶地发现，这音乐并不是谁在弹奏，好像是从这个矮胖男人肚子里发出来的。他们并排站在这个男人面前，眼睛都盯着这个男人，而那个男人也一直看着他们。这时候他们发现男人的身体里发出声音：帝德尔——微德尔——伊德尔，嗡蓬——蓬！嗡蓬——蓬！嗡蓬——蓬！帝德尔——微德尔——伊德尔，嗡蓬——蓬！嗡蓬——蓬！嗡蓬——蓬！

"哦，我知道了，他是个乐器人。"亮纽扣说。

"乐器人是什么？"多萝茜吃惊地问道。

"他就是个乐器人啊！"亮纽扣说。

矮胖男人听到亮纽扣这么说，不由得把身子坐正了些，好像受到了鼓舞一样。那声音仍在继续：

帝德尔——微德尔——伊德尔，嗡蓬——蓬！

嗡蓬——蓬！嗡蓬——蓬！

"太吵了，快停止吧！"邋遢人抓狂地说，"这声音简直太难听了。"

矮胖男人听了这话，神色变得忧郁了，他开始说话了，但是他是唱着说话的，而且说话的时候也是伴着曲调的。他说：

> 传到你耳朵里的不是喧哗，
> 而是动听而和谐的音乐，
> 我的呼吸就伴随着吹奏，
> 好像我就是一架乐器，

那男低音曲调就在我的耳朵里。

"啊哈，简直太有趣了！"多萝茜开心地说，"他说他的呼吸就是音乐。"
"胡说八道，"邋遢人肯定地说，"不可能有这样的事。"
这时候音乐再次响起，大家都静心聆听。

我的肺里全都是簧管，
与乐器里的一模一样。
如果我用鼻子呼吸，
簧管必然奏响，
你们都知道，我要活着就得呼吸，
我一呼吸就会奏响乐曲，

这样的现状，让我也很难过，

但是还请原谅我的不能自已。

"真是太可怜了。"七彩说，"他那么无助，这真是太不幸了。"

"是可怜，"邋遢人说，"虽然这音乐让我难以忍受，但是我们一会儿走了，就听不见了，可是，这个可怜的人，就算是不喜欢这音乐，为了活下去，他也不得不这样奏响着，这是多么痛苦的事啊！你们说是不是？"

"不知道。"亮纽扣说。托托这时候连着叫了三声："汪、汪、汪！"像是回答邋遢人，大家都笑了。

"我想这就是他一个人在这里生活的原因。"多萝茜猜测着。

"很可能没有人愿意跟他做邻居，因为他会让人发疯的。"邋遢人说。

帝德尔——微德尔——伊德尔，嗡蓬——蓬！嗡蓬——蓬！嗡蓬——蓬！

矮胖男人又开始了他的呼吸。为了让彼此听见对方，大家都喊着说话。

"请问，你到底是谁？"邋遢人喊道。

乐曲再次响起：

我的名字是阿莱格罗·达·凯波，

是个闻名于世的人物，

若是你有所怀疑，

请你请一个音乐高人，

与我一决高低。

从前有人挑战过，

但是都失败了，

因为我从出生那天起，

这音乐就没停过。

"呃，他还以此为傲呢！"多萝茜说，"不过我记得我好像听过比这还难听的音乐。"

"什么时候？在哪？"亮纽扣问。

"这我可想不起来了，但是，这位先生确实是个奇才，你们不觉得吗？或许，这个世上再也找不出第二个像他这样的人才了。"

这话让矮胖男人的精神又是一振，他立刻挺起胸膛，用音乐唱出：

　　　　我生活的周围，只有我是个乐队，

　　　　再没有其他的乐队。

　　　　我并没有辛苦地练习，

　　　　但是我从不跑调和走音，

　　　　虽然有时，

　　　　会高音低音不分，

　　　　但对我来说，

　　　　这不算问题。

"我真的有些听不懂他吹奏的乐曲，"七彩说，"或许是因为我习惯了天体音乐吧。"

"什么是天体音乐？"亮纽扣问。

"哦，我该怎么跟你解释呢？"七彩思考着，"那或许就是大气层和星球的音乐吧。"

"哦，是这样。"亮纽扣似懂非懂。"汪——汪——汪！"托托叫道。

音乐家还在那永恒不变地吹奏：帝德尔——微德尔——伊德尔，嗡蓬——蓬！嗡蓬——蓬！嗡蓬——蓬！

这声音让邋遢人太难以忍受了，他歇斯底里地喊道："停下来，我让你停下来，你做不到吗？不然就把你的音量放到最小，再不然就捏住你的鼻子。"

可是，矮胖男人一脸的遗憾，再次唱起来：

你怎么就不明白，

音乐魅力所在。

就算是凶猛的野兽，

听一听乐曲也会平静。

如果你烦躁不安，

那么正应该听听音乐，

这才是最有用的箴言。

　　邋遢人实在受不了这个男人的自吹自擂了，他张着驴嘴大声笑着。

　　多萝茜说："我不知道这歌词到底怎么样，但是听起来跟音乐挺相配，可能这是唯一的优点了。"

　　"可是我却觉得他很可爱。"亮纽扣说，"我喜欢他的音乐，喜欢他一直弹奏。"然后他盯着矮胖男人的肚子看，像是在思考着什么。突然他说："如果我肚子里也有一只口琴，会发生什么呢？我可以吞下一只口琴吗？"

　　"那样你就会变成一个跟他差不多的琴孩儿，一张嘴就会唱歌，"邋遢人说着朝向多萝茜，"亲爱的，我们赶紧走吧，在亮纽扣吞下口琴之前，我们还是先离开这里吧，我们更为重要的事就是找到奥兹国，不是吗？"

　　听了这个对话，乐器人立刻唱起来了：

奥兹国是个美丽的仙境，

如果你们真去那里，

请允许我同行，

因为我是多么希望，

能在最大的盛典上，

把我的乐曲弹唱。

　　"同行就算了吧，我替奥兹玛公主谢谢你，"多萝茜着急地说，"我们还是愿意和以前一样，不想再多一个同伴了。不过，如果我到了奥兹国，我

一定跟奥兹玛公主提起你。"

"那我们赶紧动身吧。"

七彩已经跳着舞出发了，她沿着大路向前走，剩下的人都跟着她走了过去。托托讨厌这个矮胖的乐器人，忽然跳起来一口咬住他胖胖的腿。多萝茜赶紧抓住这只愤怒的小狗，快跑着追上了她的同伴。为了能够快点摆脱乐器人的音乐，他们比平时走得快多了。他们看见一座小山，邋遢人认为翻过这座小山就听不见乐器人的声音了。

可是他们来到山顶的时候还是隐约能听见帝德尔——微德尔——伊德尔，嗡蓬——蓬！嗡蓬——蓬！嗡蓬——蓬！

他们从山顶下来的时候，这声音才消失，大家都感到很开心。

"终于不用听乐器人的乐曲了，太让人开心了，七彩，你说呢？"多萝茜说道。

"是的，这真是件开心的事。"七彩说。

"可是，乐器人很好，我喜欢他。"亮纽扣认真地回答。

"但愿伟大的奥兹玛公主不会邀请那个可怕的怪人去参加她的生日庆典。"邋遢人说，"这家伙真是让人无法忍受，他会让客人们都不舒服的。不过亮纽扣倒是提醒了我，那个家伙肯定是把一个手风琴吞进胖肚子里去了。"

"手风琴是什么样的？"亮纽扣认真地问道。

"就是那种能够折叠起来的乐器。"多萝茜把托托放下，对亮纽扣说道。

"汪——汪——汪！"托托一边叫着，一边快跑着去追一只刚刚飞过去的蜜蜂了。

第九章
初战两面人斯库德勒

又走了一会儿，平坦的大路变得坑坑洼洼了，他们面前出现了一大片丘陵，连绵的山丘挡住了前路，山丘上寸草不生，他们选择了一座稍微低些的山坡走了上去，再也没有坦途了。

亮纽扣被这条路弄得摔倒了几次，七彩也没法跳舞了，现在她连走路都很费劲，这耗费了大量的体力，已经不用跳舞就很暖和了。

下午的时候，他们还没有吃午餐，因为已经没有什么东西可吃了，邋遢人忽然想起他早晨从餐桌上拿的两个苹果。他从脏口袋拿出来，分成四份，每一个人都吃了一份苹果。托托不喜欢吃苹果，七彩只吃了一小口，其他几个人倒是很高兴。

"你能确定吗？"七彩问，"你能确定这是去往翡翠城的路吗？"

"不，我不确定，"多萝茜说，"但是，我们别无选择，只有这一条路可以走，我们不妨走完这条路再说吧。"

"可是看起来，这条路快要走完了，"邋遢人说，"如果走完了，我们怎

么办呢？"

"不知道。"亮纽扣说道。

"唉，我要是随身带着我的魔法腰带就好了，"多萝茜说，"魔法腰带会帮我们完成很多事的。"

"魔法腰带是什么？"七彩好奇地问。

"那是我很早以前在一个矮子精国得到的东西，它能满足我的很多愿望，是个神奇的法宝。可是，我把它留在奥兹玛那里了，因为魔法腰带到了堪萨斯城就失去了它应有的魔力，但是在奥兹国，它就会魔力无边。"

"这里是奥兹国吗？"亮纽扣问。

"你不知道吗？"多萝茜有点严肃，"这里如果不是奥兹国，就不会有魔法，你变成了狐狸头，邋遢人变成了驴头，七彩也是一个我们能够看得见的姑娘，不是隐身人。这就是魔法的作用。"

"啥叫隐身？"亮纽扣说。

"亮纽扣，你几乎凡事都只会问为什么。隐身就是把自己用魔法藏起来，不被别人看见。"多萝茜说。

"那么托托呢？它一定会隐身。"亮纽扣说。多萝茜左右前后看了一圈，确实没看见托托，她刚想叫它，托托的叫声忽然从一堆岩石的背后传出来。

"它在那里，我们快去看看。"邋遢人说。

他们快步走过去，想去看看究竟是什么惹得托托狂叫，走到跟前，他们看见岩石上坐着一个怪物，他拥有人的很多特征，不胖不瘦，腰很细，坐在那里还算斯文。他纹丝不动地坐在岩石上，脸像黑炭，还穿着一套黑衣服，紧紧贴在身上。双手倒像是人手，只不过也黑得像煤炭一样。但是他的脚却不像人脚，好像是鸟的爪子一样向下蜷曲着。浑身黑炭似的怪人，头发倒是金黄色，额头上有刘海，两边剃光。两只贼溜溜的眼睛泛着黄光，像极了黄鼠狼。托托分辨不出这到底是不是人，所以就对着他一直叫，而他也两眼直勾勾地盯着托托。

"这到底是什么东西呢？"多萝茜压低了声音说。

"不知道。"亮纽扣还是只会那三个字。

这时，那个怪物忽然从岩石上跳了起来，变换了一个角度，仍然坐在岩石上。这时，多萝茜一行更惊讶了，这个怪物另一边的身子却都是白的，没有一丝黑色。头发也已经不是金黄色，而是闪亮的紫色。白色的脚趾也蜷缩着，跟刚才那黑的一样。而且，这怪物的腰身还能向前后弯曲。

"这到底哪个是正面啊？"多萝茜惊异地低语，"他根本没有办法区分啊，两边都是正面啊。"

这个怪物转了一下身子就不动了，托托却一直对着他叫着，而且托托对白色这面叫得更厉害了。

"我小的时候，"邋遢人说，"有一个跳娃娃，跟他很像，也是双面脸。"

"跳娃娃是活的吗？"亮纽扣说。

"不，不是，"邋遢人说，"那是个木头娃娃，而且完全是个提线木偶。"

"那面前这个怪物是不是也是线绳操纵的呢？"多萝茜话音未落，就听见七彩大叫："快看！"这时大家一起望去，原来另一块岩石上又出现了一个一模一样的怪物，而且这两个怪物还是黑脸对着白脸，白脸对着黑脸，相对而坐。

"太奇妙了，"七彩说，"怎么会有这样的事，他们的头也太随意了，他们会喜欢我们吗？"

"这个可不确定啊，"多萝茜说，"让我们试试看吧。"

这两个怪物换了几次坐姿，黑脸、白脸轮番朝向大家。一会儿，又出现了第三个。多萝茜环顾了一下，四周都是嶙峋的岩石，看起来他们好像在一个山谷里，只有一条路通向远方。"又来一个，四个了。"邋遢人说。

"五个了。"七彩姑娘说。

"六个了。"多萝茜说。

"数不过来了。"亮纽扣叫起来，确实，越来越多的黑白人坐在了岩石上。

托托现在已经不叫了，躲到了多萝茜的两脚间，蹲坐在那里，眼睛看着多萝茜，特别害怕似的。的确，两面人看起来不友善，邋遢人早把驴脸拉下来了。

"现在咱们还是问问他们到底是什么人吧，到底要做什么呢。"多萝茜低声对邋遢人说。于是邋遢人抬高了他的驴声说："你们是谁？"

"斯库德勒！"黑白人一起号叫着，声音怪异尖厉，直冲云霄。

"你们要做什么？"邋遢人接着发问。

"我们要的就是你们。"黑白人纤细的手指指着多萝茜一群人，尖声号叫着。他们一会儿转身，一会儿又转回来，所以在多萝茜他们面前，一会儿是白人，一会儿又是黑人。

"可是，我们能为你们做什么呢？"邋遢人问。

"煮汤。"两面人一起吼道，声音响彻云霄。

"啊，天啊，"多萝茜的牙齿在打战，"难道，他们是吃人的野人吗？"

"我不要被煮汤！"亮纽扣开始哭起来，狐狸头一颤一颤。

"别害怕，亮纽扣，我想邋遢人会想到办法的，"多萝茜安慰着小男孩，"我们谁都不喜欢被煮成汤。"

"他能有办法吗？"七彩怀疑地问。她紧挨着多萝茜，生怕遭到斯库德勒野人的攻击。

"我会尽我的全力保护你们。"邋遢人说，但是他看上去也不是信心十足的样子。

邋遢人锁紧了眉头冥思苦想，这时候他忽然碰到了口袋里的磁铁，"爱的磁铁"给了他很多力量，他大声对斯库德勒人说："你们爱我吗？"

"爱！"又是一阵大吼。

"那么，请你们不要伤害我和我的朋友们。"邋遢人请求着。

"我们爱的是煮成汤的你们！"斯库德勒人大声说道，然后又开始转身换面。

"太吓人了，这可怎么办？"多萝茜带着哭腔说，"邋遢人，你那块磁铁是不是被爱过头了。"

"我不要被煮成汤。"亮纽扣已经哭了起来。托托看着小男孩的狐狸眼睛里流出泪水，也跟着呜呜咽咽地叫起来了，仿佛它也知道他们将要遭遇

什么。

"现在唯一的办法，"邋遢人压低驴声对他的朋友们说，"就是我们能够想办法跑出这个山谷，不被斯库德勒人追上。逃跑吧，我亲爱的朋友们，现在这是唯一的办法了，无论他们做什么，都不要理会，只管跑。"

邋遢人说完，迈开长腿直奔豁口而去，多萝茜他们紧紧地跟随着他。但是斯库德勒人转眼间就站成一排挡住了他们的去路，邋遢人捡起地上的石块使劲向斯库德勒人扔去，想以此吓跑他们。

斯库德勒人见到石块向他们飞来，气得大声嘶鸣，然后把自己的头摘下来，使劲向邋遢人扔去。邋遢人被两面人的硬头砸中，一时竟晕了过去。野人跑过去捡起自己的脑袋，重新安在肩膀上，然后又跳回到刚刚坐着的岩石上。

多萝茜他们看到这一幕，早吓得魂不附体了，都一动不动地呆站着。

第十章

汤锅逃生

过了一会儿，邋遢人醒了，他站了起来，审视了一下自己，发现并没有受伤。虽然刚刚他被两个斯库德勒的脑袋打中了，一个打在肩上，一个打在胸口，但是他并没有皮肉伤。

"当务之急，"他急切地说，"我们必须想办法逃出去。"说完，他又向前跑去。

斯库德勒野人们又开始大喊大叫，并且都摘下了脑袋，向多萝茜他们砸来。邋遢人再次被击中，倒在地上。亮纽扣也被打倒了，他使劲哭着，尽管他并没有受伤。托托被一只脑袋砸中了，但是托托并不害怕，咬着那个脑袋的耳朵，把脑袋带跑了。

那些没了脑袋的斯库德勒野人都像蛇一样爬着去找寻自己的脑袋，爬行的速度极快，找到了脑袋就重新安上。有一个野人的脑袋被托托叼走了，他找不到自己的脑袋了。而那个脑袋虽然前后长着两双眼睛，却无法找到自己的身体，因为它被托托叼着，没办法看到。

　　没脑袋的斯库德勒人走路不稳，跌跌撞撞，到处寻找自己的脑袋，而托托则叼着脑袋东跑西跑，想找个地方把这个脑袋滚下山去。其他的野人发现了，一起向托托进攻，托托最终还是寡不敌众，把脑袋放下，回到多萝茜的身边。

　　多萝茜和七彩都躲过了暴雨般的脑袋攻势，但是她们心里明白，无论如何，是逃不出斯库德勒人的魔掌了。

　　"不然，我们投降吧。"邋遢人站起身来，无比懊恼地说。他转向野人，无力地问道："现在，我们要怎么做？"

　　"走！"野人们带着无比的喜悦齐声大吼一声。然后他们一齐从岩石上跳下来，把多萝茜他们团团围住，多萝茜他们成了俘虏。

　　斯库德勒人不用转身就可以随意去任何方向，这是两张脸的好处，而且两张脸还都是正面。他们的脚长得像个耕作用的耙子，行动起来特别迅速。再加上他们可以装卸的脑袋，还有那四颗贼溜溜的亮眼睛，黑白分明的色彩，让多萝茜他们胆战心惊，他们每时每刻都在想怎么能逃出去。

　　但是野人们把他们从岩石山谷带到大路上来，然后又走上一个小岔路口，走下一座小山，一直走到一座不高不低的石头山旁边，这个石头山看起来像倒扣着的大碗。石头山旁边有个深渊，深得望不见底，望下去眼前一片黑暗。他们必须通过一座拱桥，经过深渊。而在桥的那一边，是一个像门一样的豁口，走过豁口，就是一座大山。

斯库德勒野人们就是想把他们带进那座山。到了大山，他们进入一个石洞，这个圆形石洞的顶上面有几个孔用来采光。石洞里都是石头造的房子，每个野人都有一个很小的房子，不超过两米，好在野人们身材不是很高大。石屋前有个豁口算是门。这个山洞很大很空旷，所以足够野人们在这里聚集和开会。

在这个山洞大厅的正中间，有一口大锅，用几根铁链吊着，大锅底下是一捆捆木柴，还没有点火。多萝茜看得胆战心惊，她觉得那口大锅就是就是为他们准备的。

他们被野人们带到大锅前面停下来了。

邋遢人向后退缩着："这是什么？你们要干什么？"

"大锅！煮汤！"野人们威武地答道，把邋遢人推搡到大锅边上。

"饿！饿！饿！"野人们一齐喊道。

亮纽扣左手紧紧抓住多萝茜的手，他胖乎乎的手心里都是冷汗，另一只手紧紧握住七彩。他紧张地叫了出来："别把我煮汤，我不要成为汤！"接着便哭了起来。

"别害怕，亮纽扣，我这么强壮，相信我一个人就够他们吃了。待会儿我一定要求他们先把我放进去煮，等他们吃饱了，就不会想着煮你们了。"邋遢人安慰说。

这番话让亮纽扣心里稍有安慰，不再哭了。

可是，双面野人并没有直接把他们推进锅里去，而是将他们带到一个最大的石屋前。虽然这有点远，但是他们愿意去，因为总比扔进大锅要强。

"这是哪里？谁住的屋子？"七彩小心地问。

"王后！"离她最近的一个两面野人说。

难道这群凶悍的野蛮人是被一个女人统治着？多萝茜这样想着，心里倒是生出来几分希望。可是，当她走进这个石屋子，看到了这个女人之后，她的希望便荡然无存了。

当多萝茜他们被侍卫带到这个阴森恐怖的大房间时，那个王后的样貌着实让他们一惊。她一面长着火红的脸庞，上面有乌黑油亮的头发，眼睛是深绿色。另一面是鲜艳的橙色脸庞、鲜血颜色的头发和乌黑的眼睛。她身上穿着红黄相间的短裙子，头发并没有像其他野人那样剪成刘海，而是辫成很多辫子卷在一起，头上还戴着一个银制的王冠。这个王冠歪歪扭扭，凹凸不平，可能是因为王后多次摘下自己的头去砸什么东西造成的。这个王后浑身一点肉都没有，皮包骨一样，脸上都是深浅不同的皱纹，这使她看起来更可怕了。

"你们又弄到了什么？"野人王后看着多萝茜他们，厉声问着那些野人。

"汤！"斯库德勒野人们回答道。

"不对，我们不是汤！"多萝茜申辩说，"根本就是个误会！"

"着急什么，你们很快就会变成汤的，小姑娘。"王后狞笑着，她的脸扭曲得可怕。

"我们最最美丽的王后大人啊，"邋遢人深深鞠躬说，"请原谅我们吧，我们来这里不是为了给您做汤，请放我们上路吧。我相信你并不讨厌我，因为我有一块'爱的磁铁'，你一定会喜欢我和我的朋友们的。"

"对呀，我是很喜欢你和你的朋友们，"野人王后说道，"我就是因为太爱你们了，所以想要把你们变成肉汤，放在我的肚子里。可是，我想问问你，你认为我很美丽吗？"

"如果你不吃我，那你肯定是最美丽的，"邋遢人无奈地说，"但是你应该知道，一个人漂亮不漂亮，全在她怎么去做事。"

王后用可怕的绿眼睛注视着亮纽扣："你呢，觉得我美丽吗？"

"不漂亮，"亮纽扣说，"太丑了。"

"在看我来，你是个怪物。"多萝茜说。

"如果你知道自己的样子，你肯定也会吓到半死的。"七彩补充道。

王后非常生气，她忽然跳起来，红的一面变成黄的，咆哮道："把他们带下去，送到厨房，用刀一片片把肉切下来，六点下锅煮汤。这次让厨师

多放一点盐，不然我就把他的手剁下来一起炖了。"

"王后，还要放些洋葱吗？"有个野人问道。

"要放很多洋葱和大蒜头，"王后说，"再少放点辣椒。哦，我想着都很美味。去做吧！"

斯库德勒野人把多萝茜他们带了出去，关进了一间石屋子里，门口有一个野人在看管他们。

多萝茜打量了一下，这个屋子里放满了蔬菜，有土豆、胡萝卜、洋葱、圆菜头。

"不许动这些东西，"看管他们的野人说，"这是我们放在汤里调味的。"

多萝茜他们都十分沮丧，他们实在没有办法逃出去了。更不知道什么时候会被送到厨房，切成肉片，煮成美味的汤，被那些丑陋的野人喝进肚子里。但是邋遢人不会屈服于命运的安排，他要做最后的抗争。

"我要为了我们能够活命而战，"邋遢人对他的伙伴低声说，"如果我们失败了，那结果也不过就是现在这样。与其静静地等着被煮成汤，还不如背水一战。"

那个看守他们的野人用他白的一面对着他们，又用黑的一面对着他们。好像想让他身上的眼睛把这群马上要煮汤的肉看个够。停虏们的心情可不是那么悠闲的，他们在一块石头上坐着，悲伤地等候着。七彩姑娘这个时候正在跳舞取暖，因为她觉得这里太冷了，她不时地跳近邋遢人，两人时不时耳语几句，七彩频频点着头，像是在接受什么任务。

邋遢人示意多萝茜和亮纽扣把土豆袋子倒空，然后他示意七彩，七彩便借着跳舞接近看守的野人，忽然七彩抬起手，扇了守卫一个响亮的耳光，然后便跳着闪开了。

这一下激怒了看守的野人，他摘下了头向七彩抛过来，七彩一闪身，邋遢人他们正张着口袋等着他的头呢，他们把这颗头塞进空口袋，并把口袋扎紧。野人守卫没了脑袋，立刻失去了平衡，也失去了方向感，他到处乱闯乱撞。邋遢人带着小伙伴们躲开他，打开石屋子的门，逃了出去。

庆幸的是，所有野人都守在大锅边上等待煮汤，所以屋外一个野人都没有，他们加快脚步，跑向狭窄的石桥。

　　"我带着亮纽扣，你们快跑。"因为小男孩的腿很短，跑不快，所以邋遢人吩咐道。

　　多萝茜抱起托托，拉着七彩，向山洞口奔去。亮纽扣被邋遢人放在肩上，也迅速追上了多萝茜。斯库德勒野人怎么也想不到，这群俘虏敢逃跑，所以直到多萝茜他们跑到石桥边上，才有一个野人看到他们。

　　这个野人一发现他们逃跑，便发出一声尖厉的嚎叫，所有野人都听到了，所以他们一起跑出来追赶。在多萝茜和七彩已经走过了石桥的时候，野人们才把他们的头扔过来。一个野人脑袋砸中了邋遢人的后背，他无奈只得把亮纽扣放下，让亮纽扣自己跑上石桥。

　　接着，邋遢人便转过身，面对着那些野人。邋遢人现在位置正好在桥边，野人们把脑袋再次扔过来的时候，邋遢人反手抓住一颗脑袋，直接扔到深渊里去了。这样邋遢人扔掉了好多脑袋之后，跑在前面的野人身子找不到方向，失去了平衡，挡住了后面的野人的进攻。不过，还是有很多脑袋扔了过来，但是基本上没有打中邋遢人，邋遢人一一捡起来，把这些黑

白双面人头，扔进了黑暗的深渊。忽然邋遢人发现了一个红橙人头，他知道这是王后的，于是他马上跑过去捡起来，用最大的力气扔进了深渊。

过了一会儿，满地都是没有脑袋的斯库德勒野人，他们聚集在一起找他们的脑袋，场面非常混乱，像一群没头苍蝇。邋遢人开心地大笑起来。他走过石桥，跟自己的朋友会和。

"我这身手得益于我小时候的爱好，"邋遢人说，"我小时候就喜欢打棒球。所以我把那些脑袋都接在手里，一次也没有失手。好了，朋友们，现在，再也没人想把我们煮成肉汤了。"

"不要，我不要被煮成汤。"亮纽扣还是惊魂未定，一听到肉汤他又开始絮絮叨叨。

毕竟这胜利来得有点突然，本来已经没有希望的事情忽然出现了这么大的转机，也不能怪亮纽扣反应不过来。邋遢人拉着亮纽扣告诉他，现在野人们的头都在深渊里，他们就是想煮汤也是没法吃了。危险都过去了，不要再害怕。

亮纽扣听完稍稍放心了些。邋遢人说："当务之急是赶紧离开这里。"所以小伙伴们都加快了脚步，一会儿工夫就走到了和黑白双面人相遇的地方，在这里他们重新找到了大路。

走在大路上，他们的心才踏实下来。斯库德勒野人的阴影很快就被抛在脑后了。

第十一章

约翰尼·杜伊特

经过长途跋涉，大家都感觉到道路非常崎岖难走。

"饿了。"亮纽扣说。事实上，大家也都觉得很饿，因为自从吃了邋遢人在驴城拿的苹果后，他们再也没吃过什么了。大家都很累，渐渐地脚步慢下来，也沉默下来。当大家拖着沉重的步伐缓慢地爬过一座秃山时，他们看到山脚下绿树成荫，苍松翠柏，青草如茵。"好美的景致。"大家不觉一致赞叹。

于是，他们都飞奔过去，因为他们相信，优美的景致附近一定会有可以填饱肚子的东西。他们奔到了山脚下，看见了淙淙的溪水。果然，在树林下面溪水的旁边，长着野草莓。看上去，红宝石似的野草莓好像是熟透了。野草莓的旁边还有几棵橘子树和梨树，上面也都挂着成熟的果子。

看到这些他们真是开心极了，扑过去摘了满把的草莓放在嘴里，邋遢人伸手摘下树上成熟的橘子和梨子扔给亮纽扣，亮纽扣把草莓放在嘴里，又伸手接住苹果和梨，托托在泉水边喝着甘甜的水。伙伴们开心地又吃

又喝。

吃饱喝足之后，他们的旅途又开始了。

走过这片绿草地，一片沉郁死寂的沙漠出现在他们眼前。灰蒙蒙的沙子漫无边际，一座沙丘上插着一块巨大的白色牌子，牌子上赫然写着：

警示：

各位行人，请勿进入沙漠。

没有多少血肉之躯，可以跨过沙漠的障碍，来到奥兹国。

这美丽的国家，就在这沙漠之中。

但请你一定慎重。

"哦。"邋遢人大声读着告示。多萝茜说："根据我的经验，是没有谁能够活着走出沙漠的。这个告示说的也是实话。"

"既然这样，那我们就不要试图穿过沙漠了。"邋遢人说，"我们不能向前走，向后走就是来路，那我们该怎么办呢？"

"不知道。"亮纽扣说。

"我真的没有主意了。"多萝茜叹着气说。

"我希望我的父亲来这里接我，"七彩也沮丧地说，"那样，我可以把你们带到彩虹上生活，我们可以一起在彩虹上跳舞，从早晨一直跳到晚上，不用担心任何事情，也不用担忧生活所需。但是，现在看来，我的父亲肯定是忘了我，没有时间来地球接我了。"

"我可不想跳舞。"亮纽扣疲倦地坐在地上。

"七彩，虽然你是好意，但是对于我们而言，在彩虹上跳舞会不太适应，"多萝茜友好地说，"而且比起在彩虹上跳舞，我们还有好多事情要做呢。"

可是这个问题的讨论对于眼前的事一点益处也没有，大家讨论完，又归于沉默，相对无言。

"现在我真的不知道我们该做什么了。"邋遢人眼睛盯着托托叹息着，托托像回答他的话一样汪汪叫了两声。亮纽扣又拿着一根棍子在地上掘洞，多萝茜想起了第一次见到亮纽扣的情景。大家也都没有心情说话，眼睛注视着亮纽扣，各自想着该怎么办。

最后，邋遢人说："快黄昏了，看来今天我们只有睡在这里了，好在我们还没进入沙漠。等我们休息好了，明天再想办法也不迟。"

他们找到了落叶厚的地方，躺了下去，这样至少不用害怕夜间的露水。邋遢人又在上面铺了柔软的青草，这样，一群小伙伴终于睡着了。

可是邋遢人却睡不着，他还在想着明天何去何从。他坐在汩汩的泉水边，凝视着潺潺流动的泉水，忽然计上心来。他微微一笑，就也躺在树下睡去了。

第二天清晨，阳光穿过树林，洒落在地上，多萝茜和她的朋友们又饱餐一顿草莓、梨子和橘子。多萝茜吃完问七彩："七彩，你会魔法吗？"

"不会，亲爱的。"七彩轻轻地摇了摇头。

"可是，我总觉得彩虹的女儿怎么也得会一点儿魔法。"多萝茜不死心地说。

"我们在彩虹里生活，有绵软洁白的云朵做伴，我们是不需要魔法的。"

七彩认真地说。

"我只是想有一个办法，"多萝茜说，"能够让我们穿越沙漠，到达奥兹国。其实，我曾经不止一次穿越沙漠。第一次是一阵奇异的龙卷风把我和我的屋子从堪萨斯州吹到奥兹国，后来我又被银鞋送了回来；第二次是奥兹玛用魔毯把我带到奥兹国，后来用矮子精国王的魔法腰带把我送回去。但是，除了第一次，都是魔法在起作用。现在总不能奢望有一阵龙卷风把我们送到翡翠城去吧。"

"嗯，确实。"七彩老实地回答，"不管怎么说，我是不希望有龙卷风的。"

"所以呀，我才问你到底会不会魔法，如果你会那就省事了。"多萝茜说，"我反正是不会，亮纽扣肯定也不会，邋遢人唯一的不同就是他有个'爱的磁铁'，但是也帮不了我们大忙。"

"亲爱的，不要过早下判断，"邋遢人说着，驴脸上还露出一丝笑容，"我自己肯定不会魔法，但是或许我有朋友会。因为送我'爱的磁铁'的这位朋友可是很喜欢我呢。"

"哦？那快说说你这位朋友是谁。"多萝茜急切地问。

"约翰尼·杜伊特。"

"他能够帮我们做什么呢？"

"他什么都能帮我们做。"邋遢人自信且骄傲地说。

"那还等什么呢？快叫他来呀。"多萝茜着急地喊道。

于是邋遢人从他那个大脏口袋里拿出"爱的磁铁"，小心翼翼地打开包装纸，像个宝贝似的捧在手心里，盯着它，口中喃喃地念道：

"我最最亲爱的约翰尼·杜伊特，赶快来到我的身边，我是那么疯狂地需要你，千万分的着急。"

"好了，别念了，我到了。"一个男低音喜气洋洋地说，"可是不该说疯狂地需要我，因为我一点也不疯狂，我是那么清醒和智慧。"

可是多萝茜他们只听见声音，却看不见任何人，还是邋遢人最先看见了他。于是大家都发现了地上有个巨大的铜箱子，上面坐着一个小个子男人，他嘴里叼着个烟斗，烟斗里喷出白色的烟。小个子男人头发花白，连胡子也是花白的，胡子的末梢缠在腰际。他穿着皮革工作裙，这裙子从下巴颏一直延伸到脚面上，几乎把脚盖住了。油皮裙上全是污渍，还有很多划痕，看起来应该年代久远了。小个子男人有着宽厚的鼻子，鼻尖有点翘，还有一双明亮闪烁的小眼睛。多萝茜发现这个小个子男人的双手和双臂都像皮革裙那样粗糙坚硬，她认为这个小个子男人生活一定非常艰辛。

"早啊，亲爱的约翰尼，"邋遢人说，"谢谢你能这么快过来。"

"我是一个分秒必争的人，"小个子男人爽快地说道，"可是你到底遇到了什么？怎么变成了驴脑袋？邋遢人啊，如果不是我跟你很熟，知道你这双旧鞋子，我都认不出你是谁了。"

接下来，邋遢人向约翰尼一一介绍了他的朋友们，并简单地讲述了他们历险的经过。然后说到他们现在想要到翡翠城，多萝茜在奥兹国有好多朋友，他们会实现好多愿望。比如换掉驴头，比如送多萝茜回家。

"但是，问题是，我们现在没办法穿越这灰茫茫的沙漠。因为踏进沙漠的人都会被埋葬，血肉之躯最后化为尘土。"邋遢人说，"所以，我们只能求你帮忙，希望你能帮助我们越过这荒芜的吃人的大漠。"

约翰尼·杜伊特叼着大烟斗，抬眼望着荒芜的沙漠，凄凉寂寥，一望无边。

"那你们得像在海洋里那样乘风破浪地过去。"他轻松地说。

"那我们得需要一个像样的工具。那是什么呢？"邋遢人问道。

"一条沙船，在沙漠里像在大海里一样航行。这个船要有一个帆，这样就可以借助风力在沙漠里航行，而且它还能保护你们的血肉之躯不被沙土伤害，只能这样了。"

"这办法简直太棒了，"多萝茜高兴地跳起来，"那跟魔毯带我出去的方法一样啊，我们根本就不会沾上一粒沙子啊。"

"可是，我们没有沙船啊。"邋遢人四处寻找着。

"你当然找不到，因为我还没有给你造啊，"约翰尼一边说着，一边把烟斗熄灭，在鞋上磕了磕烟灰，把烟斗放在了口袋里，然后把他坐着的铜

箱子打开，里面满满一箱子各种各样闪光发亮的工具。

约翰尼·杜伊特开始了他的工作，只见光芒闪过之处，一件件成型的零件很快做成。这箱子里的工具似乎都具有魔力，多萝茜这样想，不然这活儿怎么能干得这么快、这么好呢？

小个子男人干活儿的时候，一定很快乐，因为他还哼着小曲儿，多萝茜用心地听着，内容大概是这样的：

做一件事，
要开心高兴地做，
因为你没有别的选择。
边干，边唱，
边唱，边想，
边想，边计划，
边计划，边做。
不想做事的人，

不会快乐，

真正快乐的人，

是专心做事的人。

　　歌声很动人。约翰尼·杜伊特无论做什么，都不会停止唱歌。他们一边听着，一边都很惊异地看着他。

　　现在他开始砍树了。一棵大树他只要砍两下就砍倒了，接着就开始锯木板，几分钟之内一根大木头就变成了木板。他把木板钉成了一条船的形状，大概有两米长，半米宽。然后他砍掉了几根细长的枝条做成了桅杆，从他的铜箱子里拿出大绳子和帆布，约翰尼·杜伊特，这个能干的小个子男人，一边唱着歌一边用帆布制成篷帆，慢慢地调整它的升降。

　　多萝茜他们看到沙船马上就要造好，心里别提多开心了，同时诧异的心情无以言表。亮纽扣和七彩对这一切特别感兴趣，他们深深地被吸引了。

　　"我觉得还缺点什么！"约翰尼·杜伊特做完帆船，把工具统统收进箱子里，看着帆船说道。

"缺什么呢？"邋遢人问道。

"我觉得是色彩，"约翰尼·杜伊特说，"如果把这帆船刷上颜色，那一定会更加漂亮的，不过，这需要一点时间，差不多一个多小时吧，你们觉得浪费时间吗？"

"哦，的确有点，"邋遢人说，"算了，我们不在乎外观，只要能载着我们穿越整个沙漠就可以了。"

"那没问题，"约翰尼·杜伊特自信地说，"这点你们放心，只要不翻船，就可以成功穿越沙漠了。还有，你们驾驶过帆船吗？"

"我只看别人开过船。"邋遢人说。

"那你就自己摸索着开吧。或许还没察觉呢，船就已经穿过沙漠了。"约翰尼·杜伊特说道。

说完，他把工具箱使劲一关，发出一声巨响，大家都吓了一跳，不由得跟着眨眼。就这一眨眼的工夫，这位伟大的造船者，带着他所有的工具消失在了大家眼前。

第十二章

越过死亡沙漠

"这怎么办？"多萝茜说，"我们还没给约翰尼·杜伊特道谢呢，他帮了我们这么大的忙！"

"他哪有时间听这些，"邋遢人说，"他肯定知道我们有多感激他，不过现在估计他又去别的地方干活了。"

多萝茜他们开始端详着这艘沙船，只见沙船底部安装了亮闪闪的锋利的滑行装置，这样可以保证它在沙砾中全速行驶。沙船船头是尖尖的，邋遢人说，这是为了减小前进的阻力，尾部有个像鸵鸟尾巴一样的船舵。

沙船的头部在沙漠的边上，尾部还在青草地上，景色看起来不错。

"好吧，亲爱的朋友们，上船吧！"邋遢人提议道，"请相信我的驾驶技术，我就像任何水手一样娴熟，你们只要把心放在肚子里，好好地坐在船上就可以了。"

多萝茜抱着托托首先上了船，她坐在船舱的前面，亮纽扣挨着多萝茜坐下了，七彩坐在船头。邋遢人单腿跪在桅杆后面。大家都坐好了，等待

着出发。邋遢人这时候升起了半帆，风吹过来，沙船缓缓地开动起来，于是邋遢人又把帆全部升起，帆船的帆篷鼓足了风，沙船开始飞速前进。船上的每个人都死死地抓住船的边缘，这样快的速度让他们甚至都没办法呼吸。

沙船在大漠里行驶，就像一只帆船在海上航行，沙丘连绵起伏如波涛，有时候沙船也会颠簸和摇晃。但是沙船却从没有出现过大的危险，只是速度之快，让邋遢人也担心起来，他在想，如何才能让沙船的速度慢下来。

"万一我们被颠出去，掉进沙漠里，"多萝茜想着都不寒而栗，"那沙漠一定会把我们变成尘土，那就死定了！"

但是，很显然多萝茜的担心并没有发生，帆船虽然颠簸，可是却总是幅度适中，不会发生危险。七彩紧紧地贴在船头，向远方张望着。忽然她看见远方有一条隐隐约约的黑线，但是她看不清那到底是什么。她一直目不转睛地盯着，几十秒过后，她看清了那是一排岩石，而且都特别锋利，但是这岩石之上却是一片草木青翠、绿意盎然的原野。

"当心啊！"七彩大声喊道，示意邋遢人看前面的一排岩石，"快慢下

来，慢下来啊，不然我们就要撞在岩石上了！"

邋遢人听见七彩的喊叫，也想要慢下来，但是当他使劲拉动绳索的时候，发现由于速度太快，绳子已经被风吹乱了，搅在一起。

眼看沙船就要撞到岩石了，船长邋遢人却一点儿办法都没有，他即便有再大的力气，也无济于事了。

只听见一声巨响，沙船撞到了岩石，多萝茜、托托、七彩、亮纽扣一起飞了起来，邋遢人继他们之后也飞了出去，像离弦的箭一样，在空中留下了一道弧线，然后跌落在岩石上面的原野上。由于草的弹力，他们倒也没有受到大的伤害，在草原上滚了一段，就都稳稳地停了下来。

邋遢人飞出去的时候，由于脑袋太重，他一时失控，掉落下来，差点砸在托托身上。当托托发现身边有个毛脑袋时，立刻用尖利的小牙咬了住了他的驴耳朵，而且还用尽全力，使劲咬着、叫着，邋遢人费了好大劲，才把他的驴耳朵从托托的嘴里拿出来，然后他坐起来，寻找着他的朋友们。

多萝茜坐在不远处，正用手摸着她的一颗门牙，刚刚她掉下来的时候，膝盖磕了一下牙床，她以为门牙被磕掉了。所幸只是有点松动。

七彩的彩色裙子被刮了一道口子，她正整理着，有点儿心疼地看着裙子。亮纽扣的情况有点不同，他的狐狸头扎进了金花鼠洞中，身子还在外面，所以他的小短腿在不断扑腾，想要把自己的大脑袋从洞里拔出来。

邋遢人赶紧走过来，把亮纽扣拔出来。他起身看看他们的"战舰"，现在沙船已经完全毁掉了，一堆碎木片、一块破布和很多绳子搅在一起，还有一块船帆被吹到树上随风飘摇着，像投降的白旗。

"这下好了，"邋遢人说，"我们到了这块绿洲，船也坏了，好在我们人都好好的。可是这是什么地方呢？"

"我想这里应该属于奥兹国，是奥兹国的一部分。"多萝茜说。

"你敢肯定吗？"邋遢人追问。

"当然，我们已经穿过了沙漠，难道不是吗？"多萝茜开心地说，"奥兹国的中间就是翡翠城，我们肯定离那儿不远了。"

"对，我敢肯定我们是穿越了沙漠，"邋遢人说，"接下来，我们就得找到哪里是翡翠城了。"

"也许我们能遇到什么人可以给我们指路。"多萝茜满怀希望地说。

"嗯，让我们仔细找找看吧，"邋遢人满怀希望地说，"这个地方肯定有人能给我们带路，只是现在他还不知道我们来了，所以并没有出来迎接。"

第十三章

诚实池

他们走了一段时间，就来到了一个美丽的乡村。经过沙漠的颠簸和艰辛，他们觉得这里的一切都那么清新和美丽。阳光暖暖地照在绿色草原上，空气清爽而芬芳，这使得多萝茜他们精神都非常振奋。多萝茜仔细环顾着周围的一切，她发现远处有一座黄土堆成的小山，山上开满了金色的花，远远望去流金溢彩。小山左边是一排排高大的树木，苍松翠柏，青翠欲滴。右边是一块草地，草地上有美丽的毛茛、矢车菊和金盏花，芳香扑鼻。

"我想，"她思考着，"这里应该是温基人的领地，因为温基人喜欢黄色，这里也到处都是黄色，如果你留心就会发现，但凡有色彩的东西，都是黄的。"

"唉，我还以为这里就是奥兹国了，原来还没到啊。"邋遢人好像很失望。

"这就是奥兹国，"多萝茜坚定地说，"但是奥兹国很大，它分为东西南北四个部分。每个部分的颜色都不同，像北方部分，是紫色的，是吉利金的领地；南方是红色的，是奎德林的领地；东方是蓝色的，是蒙奇金的领地；而这里，应该是西方，是温基人的领地。统领这个地方的是铁皮人。"

"铁皮人是谁？"亮纽扣问。

"哦，铁皮人啊，就是我跟你讲过的尼克·乔伯，"多萝茜说，"伟大的奥兹魔法师给了他一颗最善良的心，他是个很高尚的统治者。"

"那他在哪里啊？"亮纽扣问。

"伟大的奥兹魔法师吗？哦，他住在翡翠城，翡翠城是奥兹国的中心，它连接着刚刚我说的那四个区域。"

"哦？"亮纽扣被说糊涂了。

"翡翠城到底离这儿多远？我们是不是离它还很远？"邋遢人有些不耐烦了。

"你说得没错，"多萝茜说，"我们确实离翡翠城还有一段距离，所以我们现在应该去找温基人，他们都是最为和善的人。"

于是他们就开始寻找温基人，在此过程中，多萝茜继续她的话题，"从前温基人都是一个恶女巫的奴隶，是我和稻草人、铁皮人和胆小狮消灭了恶女巫，才使温基人获得了自由。"

"那你们是怎样消灭恶女巫的？"七彩好奇地问。

"啊，我用一桶水把她变成了一摊糖水。这就是她的结局。"多萝茜笑着说，"她死了之后，百姓非常感激我，他们更加喜欢铁皮人，所以就拥戴他成为他们的皇帝。"

"皇帝？那是什么？"亮纽扣说。

"他是一个国家的统治者，最高的领导人。"多萝茜说。

"我还以为是奥兹玛公主统治着奥兹国呢！"邋遢人说。

"的确，是奥兹玛公主总领全国。她统领翡翠城和东南西北四个领地，但是每个领地又各自有个统治者，就像一个军队，有将军，有统帅。奥兹玛就是统帅。"

这时，他们看见一个由树木组成的圆圈，每棵树之间的距离都差不多，树叶正好在空中相触。"它们像在握手。"亮纽扣说，大家都很赞同。

浓密的树荫下，在树圈的中间，有一个清澈的池塘，池塘里的水像晶莹的水晶，宁静而闪亮。他们走进树圈，不禁发出赞叹，七彩更是被这神奇的池水惊呆了。

"天啊，简直太美了，像一面镜子。"她开心地说道。因为她能在水里看到自己的倒影，她看到自己秀美的脸和彩色的裙子，觉得这一切美极了。

多萝茜这时候也照着"镜子"，梳理自己的头发，穿越沙漠的时候，她的头发已经被风吹得乱作了一团。亮纽扣刚在池中看到自己的样子，就禁不住大哭起来。

"我连看都不想看，"邋遢人说，"这副模样，恐怕都会把我自己吓到的。"

七彩和多萝茜努力劝慰亮纽扣，邋遢人找了个地方坐了下来，他盯着水面沉思着，忽然他发现水底下有一个闪闪发亮的银色牌子，牌子上面仿佛有字。邋遢人睁大眼睛仔细看了看那几个字，他终于看清楚了：诚实池。

"啊，天啊！"邋遢人开心地跳起来，大声说道，"千辛万苦的跋涉，终于找到它了！"

"找到了什么？"大家都回头看着他。

"诚实池。现在我就要摆脱这个驴头对我的折磨了。你们或许不记得，但是我却没忘记，驴城国王说，诚实池可以让我恢复本来的样子。"

"还有我，我也可以甩掉这可怕的狐狸头了！"亮纽扣抹了一把眼泪惊喜地叫道。

"你们说得对，"多萝茜也很开心，"真没想到我们会遇到诚实池，真是太幸运了。"

"的确很幸运，"邋遢人说，"我之前还担心，我这个丑样子怎么去见奥兹玛公主，怎么去参加她盛大的生日庆典。"

忽然，从诚实池那边传来扑通一声，大家都望过去，这才发现是亮纽扣掉进去了，原来亮纽扣由于心急就在池水边走来走去，想要伸头去看个究竟，但是由于脑袋太重，他一下子栽进了诚实池。他整个人都掉进去了，

只有他的水手帽子还漂在水面上。大家焦急地在池边大喊，可是亮纽扣怎么都听不见。

大家焦急地在池边等待，不久亮纽扣从池水中冒出头来，邋遢人拽着领子把他拽上了岸，他喘着气，全身上下都在滴水。大家发现，他又变回去狐狸镇之前的样子，狐狸脑袋、狐狸小眼睛、狐狸的尖耳朵都不见了，取而代之的是亮纽扣之前的黄色卷发、蓝汪汪亮闪闪的大眼睛和圆嘟嘟的小脸。

"这小家伙长得真可爱，"七彩惊讶地说道，"难怪他一路上想到自己的狐狸头就要大哭，原来他自己的样子竟是这样招人喜爱呢！"要不是亮纽扣浑身湿透了，她肯定会抱一抱这个小家伙的。

他们的欢呼让亮纽扣有些摸不着头绪，他擦掉脸上的水，一脸迷茫地看着他的朋友们。

"小家伙，你的头变回来了。"多萝茜说，"快来池边照照吧。"说着，多萝茜把亮纽扣带到了池边，虽然水波未平，亮纽扣还是看到了水里的自己。

"这才是我本来的样子。"亮纽扣用欢喜又惊讶的语气低声说。

"是的，亲爱的，"多萝茜说，"亮纽扣，祝贺你，我们和你一样开心。"

"好吧，现在，"邋遢人说，"我要去试一试了，看着亮纽扣，我有点信心了。"于是他将邋遢的外套放在草地上，然后头朝下，跳进了诚实池中。

大家都在焦急地等待着，不一会儿，邋遢人从水里出来了，驴头已经消失，邋遢人又顶着他又大又邋遢的脑袋了，连腮胡子上都沾满了水，一股股地流下来。他晃了晃头，甩掉了一些水，然后攀着池边上了岸，来不及等待，就伸着脖子，在池水的波澜里看到了自己邋遢的大脑袋。他看得心花怒放，非常满意。

"我虽然算不上帅气，说实话，"邋遢人对着他的朋友说，"就是这副模样，也比那头驴漂亮不止百倍千倍。"

多萝茜他们正看着他，等他分享快乐给大家。

"邋遢人，你终于甩掉了驴脑袋，"多萝茜说，"现在你跟从前一样了，

可是你确定这比驴头要好吗？"

大家听了这话，都开心地哈哈大笑起来。

"好了，开个玩笑，"多萝茜说，"现在我们得出发了，去找通往翡翠城的道路，但是出发前，我们真应该好好谢谢这个诚实池。"

"老实说，我还真是有些舍不得它呢，"邋遢人唏嘘感叹着，"要是能带着诚实池走，那就最好了。"

可是这也只是他的感叹罢了，他从草地上拾起他邋遢的外套，搭在肩上，快步追上了他的朋友们。他们现在要找个人给他们带路。

第十四章

渝笞人和比利娜

走了没多久，在这繁花盛开的草地上，出现了一条通向西北方向的小路，这条路在这优美的环境中显得格外幽深静谧。

"我敢确信，"多萝茜说，"这条小路肯定是通向翡翠城的。但是我觉得还是沿着大路走吧，这样我们或许能看见一些人或者房屋。"

虽然一直穿着被池水浸透的湿漉漉的衣服，但是邋遢人和亮纽扣并没有丝毫不开心，因为跟这些比起来，他们换回了自己的头这件事可比任何事都重要，也值得他们高兴上好长一段时间。

"啊，我还能吹口哨了，这是太值得开心的事了，"邋遢人说，"你们不知道，之前的驴唇有多么不舒服，那么厚，那么长，连口哨都吹不成。"说着他就吹了一长串的口哨，那么欢欣雀跃，就像一只刚刚从笼子里放出来的鸟。

"这样，你在奥兹玛的生日庆典上，应该会更坦然自在吧。"多萝茜开心地说道。是的，对多萝茜而言，朋友们的开心，才是真正的开心。

七彩又开始活泼快乐地跳舞了，她走在队伍的前面，总是超出他们好长一段路，在前面跳着等待着朋友们追上来。她像一只蝴蝶在路旁、在花草间、在阳光下翩然起舞，多萝茜他们有时候看得都沉醉了。

忽然，"啊！"的一声，七彩跳到了朋友们的面前。"你怎么了，七彩？"多萝茜焦急地询问，"发生了什么事？"

还没等七彩说话，多萝茜他们就看到在大路的转弯处，有一个人正缓缓地走来，而这个人却着实让人惊诧。他浑身上下都是明亮的黄铜，肩上还有一只黄色的母鸡，这只母鸡脖子上戴了一条珍珠项链，羽毛很是蓬松。

"啊哈，原来是老朋友，滴答人。"多萝茜跑着迎了上去，只见铜人把多萝茜抱起来，放在臂弯，亲吻着她的面颊。

"啊哈，比莉娜！"多萝茜对那只戴项链的母鸡说着，并把她抱在怀里，亲了又亲。

邋遢人他们也都很好奇地围了过来，多萝茜解释道："这是我的老朋友，滴答人和比莉娜，再次见到他们，我真的太开心了！"

"再次见到你，我也很开心，欢迎你们来到奥兹国。"铜人用一成不变的语调说。

多萝茜抱着母鸡在路边坐下，她摩挲着母鸡的后背。母鸡说："我亲爱的多萝茜，我有个特别重要的消息要告诉你。”

“说来听听，比莉娜！”多萝茜开心地说。

正在这时候，托托实在忍受不了，冲着那只黄母鸡扑来，黄母鸡浑身羽毛竖起来，愤怒地咕咕叫着。原来，托托发现多萝茜对这只母鸡特别亲昵的时候就已经很生气了，这时候看见多萝茜还抱着母鸡有说有笑，它实在控制不住自己了。

“停下，托托，安静下来。”她命令着，“你不知道比莉娜是我的朋友吗？”可是托托似乎发疯了，还是使劲往前冲，多萝茜只好拎着它的脖子，把它控制住。不然它肯定对母鸡有威胁。小狗在多萝茜的手里仍然很气愤，它挣扎着，多萝茜没有办法才在它耳朵上扇了两巴掌，托托这才安分了一点儿。而此时，黄母鸡已经回到铜人身上，因为她觉得那里才是安全的。

“可恶的畜生！”比莉娜生气地瞪着眼睛，愤怒地谩骂。

“比莉娜，对不起，让你受惊吓了，”多萝茜赶紧说，“但是托托不是畜生，它在家里的时候，因为追赶小鸡，没少被亨利叔叔鞭打。喂，托托，你给我听着，”多萝茜用手指着托托，非常生气地说，“比莉娜是我最好的朋友，你任何时候都不许伤害她，听到没有？”

托托看着多萝茜，摇晃了几下尾巴，低声长叫着，似乎明白了她的意思。

“这是只不会说话的可怜的小狗吗？”比莉娜还是冷冷地说。

“不是这样的，”多萝茜说，“它的尾巴会说话，我能看懂它在说什么，即便它不开口，它也是会讲话的。”

“一派胡言！”比莉娜说。

“真的没有胡说，”多萝茜诚恳地说，“就是现在，托托说它感到非常对不起，它不是诚心想要伤害你，希望你能原谅它。托托，你是不是这样说的？”

“汪——汪——汪！”托托摇着尾巴叫道。

“不说这些了，我有个重要的消息要告诉你，”比莉娜说，“这件事——”

“稍等，亲爱的，”多萝茜说道，“出于礼节，请允许我向你介绍一下我的朋友们，”说着她转向她的朋友们，“朋友们，这位是滴答人先生，他跟钟表一样，是需要上发条才能工作的。他的大脑，他的语言，他的行动，这些都需要发条控制。"

"是一个发条控制的吗？"邋遢人说。

"不，不是，是分开的，"多萝茜说，"但是他工作起来特别认真，他还曾救过我的命，也救过比莉娜的命。"

"他是真人吗？"亮纽扣端详了半天，问多萝茜。

"不是，但他看起来可不比真人差，"多萝茜说完看着铜人，"滴答人先生，这几位是我的朋友，他们分别是邋遢人、亮纽扣、漂亮的七彩，还有托托。你是认识托托的，因为我曾带它来过奥兹国。"

铜人很懂礼貌地摘下帽子，深深地鞠躬。

"见到你们很高兴，多萝茜的朋——朋——朋——"铜人说到这里竟然停住了。

"哦，亲爱的，你需要上发条了，就是可以控制语言的发条。"说着多萝茜跑到他身后，从背后取下来一串钥匙，找到他右臂上的一个孔洞，把发条上紧。

刚刚把钥匙放好，就听见铜人说："请原谅刚刚我发条失灵，现在请让我把话说完，很高兴能见到你们，你们和多萝茜是朋友，也一定是我的朋友。"

"这是比莉娜。"多萝茜把黄母鸡介绍给大家，这次邋遢人他们一一向黄母鸡鞠躬。

"我有个重要消息，"黄母鸡说着用黄澄澄的圆眼睛来回看着多萝茜。

"那是什么呢？亲爱的！"多萝茜关心地问。

"我已经有了十个鸡宝宝了，他们真的真的很可爱、很乖巧。"

"啊，这真是个好消息，可是你的宝宝们在哪里呢？"

"他们都在家里，我向你保证，他们可都是非常漂亮、乖巧又聪明的，所以我给他们起的名字叫多萝茜。"

"哦？那太有趣了，哪一只是多萝茜呢？"多萝茜好奇地问。

"每一个都叫多萝茜。"母鸡说道。

"那是为什么呢？为什么叫一个名字呢？"多萝茜问道。

"你知道的，十个宝宝呢，要一一区分不是件容易的事，所以给他们起了同一个名字，简直太明智了，我只要一叫多萝茜，他们就都围到我的身边来，这可要比我一个一个叫他们过来方便多了。"比莉娜骄傲地说。

"我真是非常想见到他们，比莉娜，"多萝茜渴望地说，"比莉娜，你还是我来温基领地遇见的第一个人呢，真是太有缘了。"

"让我告诉你原因吧，多萝茜，"滴答人说，"是奥兹玛公主在魔法地图上看到了你，知道你们正在向奥兹国进发，她因为太忙，没法亲自来接你，所以才派我们俩前来接你们。邀——翡——去——太——不——亲——她——筹——生——典——国——事……"

"啊，他这是怎么了？从来不这样啊！"多萝茜叫了起来，可是铜人还在絮絮叨叨说些没用的不成句的字，没有人能听懂他在说什么。

"不知道。"亮纽扣有点害怕，毕竟他没经历过这么多事。七彩也有些害怕，转到了离铜人远一点儿的地方，用很胆怯的眼神看着铜人。

"好了，不要害怕，这次是他思想的发条出现了问题，"比莉娜在铜人的肩上一边整理她的羽毛，一边慢腾腾地说，"他没有了思想，当然说话就混乱无章了，只要把思想的发条上紧，他肯定就会好好跟你们说话了，不然，我还得替他把话说完。"

多萝茜走到铜人的身后，再次取下钥匙，在滴答人的左臂上上紧了发条，这下，他又能流畅地说话了。

"对不起，"滴答人说，"当我的思想中断时，讲话就会语无伦次，毫无意义，因为没有思想就不能好好说话。那我接着刚才的话题，奥兹玛派我来迎接你们，你们的到来让她十分开心，但她正在筹办自己的生日庆典，很是繁忙，所以派我来邀请你们。"

"我知道这件事，"多萝茜说，"所幸我们来得还不晚，正好赶上生日庆典。那这里距离翡翠城还有多远？"

"很近了。"滴答人说，"我们时间很多，放心，今晚我们可以在铁皮人的宫殿里休息一晚，到了明天晚上我们就可以到达翡翠城了。"

"太好了！"多萝茜开心地说，"我马上就要见到铁皮人尼克·乔伯了吗？他后来得到的心可还好吗？"

"当然好了，"比莉娜说，"铁皮人国王的心一天比一天慈祥、善良，他其实正在王宫等着你，只不过他忙于擦他的铁皮不能来接你，他要擦得亮堂堂的去参加奥兹玛的生日庆典。"

"哦，我理解他，现在我们出发吧。"多萝茜说，"我们可以边走边聊。"

他们愉快地踏上去往铁皮人宫殿的道路，七彩发现铜人并没有那么可怕，所以也就不刻意躲着他了。

亮纽扣也不害怕铜人了，反倒对他产生了浓厚的兴趣。他看看铜人肚子里的结构，是不是有很多齿轮在转动，可是滴答人是没有办法满足他。

于是亮纽扣就要求给铜人上发条，这个要求得到了许可，所以亮纽扣就一直跟在铜人的后面，只要铜人哪里出现问题，他就拿着钥匙帮他上紧发条，这让亮纽扣很开心。最后他干脆拉着铜人的手，贴着铜人走。多萝茜在铜人的另一边，比莉娜一会儿在铜人的肩上，一会儿站在铜人的帽子上。七彩又开始跳舞了，她走在队伍的前面，托托跟在她后面欢快地跑着。

邋遢人在队伍的最后高兴地吹着口哨，时刻留意身边的风景，看来他换回自己的脑袋这件事会让他高兴很久很久。

走了一段时间，他们爬上了一个山顶，从这里可以看见铁皮人尼克·乔伯的城堡，在夕阳的照耀下，这座城堡像一座仙宫闪闪发光。

"好美的城堡啊！"多萝茜不由得称赞道，"在我的记忆里是没有一个这样的城堡的。"

"这是他新建造的一个铁皮城堡，"铜人说，"以前的旧城堡有潮气，总是让铁皮人国王生锈，所以他建造了这个不会被湿气侵扰的城堡。"

"你应该能看得出来，这里的城楼、塔尖、圆屋顶和三角屋顶都用了大量铁皮，国王是花费很多心思来修建这座城堡的。"比莉娜说。

"这座城堡是小孩子的玩具吗？"亮纽扣问道。

"当然不是，可爱的小孩，"多萝茜说，"这比玩具不知要好多少倍，是一个最仁慈的国王所居住的最尊贵的地方。"

第十五章
国王的铁皮城堡

铁皮人尼克·乔伯的新城堡，坐落在一片绿草如茵的草地上，城堡的四周有美丽的花圃、漂亮的喷泉，还有铁皮人国王本人威武的雕塑。

多萝茜惊喜地发现，在城堡大门的林荫道旁，一个铁皮底座上，有一个她自己的雕像，她戴着太阳帽，挎着篮子，是她最初来奥兹国的模样。而且雕像的大小跟多萝茜本人差不多。多萝茜开心地端详着，"啊哈，托托，你看我雕像的脚边是谁？"多萝茜高兴地叫着托托。原来在雕像的脚边还卧着一只小狗，那就是托托。

接下来多萝茜还看见稻草人的雕像，还有伟大的女王奥兹玛公主、滴答人铜人以及他肩上的比莉娜，还有许多多萝茜叫不上名字的雕塑。他们一边看着一边感恩铁皮人的善举。

当他们走到城堡大门的时候，铁皮人国王正站在那里迎接他们，他给了多萝茜一个大大的拥抱，来表达他内心因为老朋友到来的喜悦。他对多萝茜的朋友们也都给予了十二分的热情，还称赞七彩是他今生见过的最美

丽、最优雅的女孩；他轻抚着亮纽扣的金黄卷发，对亮纽扣的蓝眼睛赞赏有加，还说名字起得真好；然后他跟邋遢人真诚地握手，感谢他一路以来对多萝茜的照顾。

温基人的国王——铁皮人尼克·乔伯，是一个很著名的国王，他浑身是铁皮，时刻擦得锃亮闪光，关节处很高明地用铁链连接，这使得他活动自如，跟常人没有任何区别，而且自从有了一颗慈爱的心，他似乎比以前更加像血肉之躯了。

铁皮人给邋遢人讲述他以前的故事，告诉邋遢人他以前是个有血有肉的樵夫，在森林里以砍柴为生，后来因为爱上一个美丽的姑娘，遭到了姑娘母亲的阻止，姑娘的母亲请来女巫对他的斧子施了魔法，以至于斧子一次次脱手，把他身体的每一部分一次次砍下来，每砍下来一个部位，他就去铁匠那里换个铁的，逐一换完后，他就成了名副其实的铁皮人了。从此他也失去了他的爱情，后来遇见了伟大的奥兹魔法师，送给了他一颗最善良、聪慧的心，从那一刻起，他不在乎自己是不是铁皮人了，因为他有一颗心，就可以去爱别人，也能感受到别人的爱。这样他每天都活得开开心心的，没有一点儿忧伤。

铁皮人很为自己新建造的城堡自豪，带着他的朋友们去参观。在这里，每一种摆设，每一件家具，每一个器皿，甚至连天花板、墙壁和地板都是铁皮的。

"我觉得，"铁皮人说，"我王国里的铁匠举世无双，他们心灵手巧，匠心独具，再难的东西经过他们的手也都会活灵活现，多萝茜，我说得对吗？"

"是的，千真万确。"多萝茜肯定地说。

"你建造这个城堡，花费很高吧？"邋遢人好奇地问。

"花费？你是说花钱吗？"铁皮人有些激动，"在这个城堡里，提钱是多么俗的一件事啊，在我铁皮人统治的王国里，还需要用钱来做事吗？"

"怎么俗了？难道这里做事不需要钱吗？"邋遢人更加好奇了。

"如果在温基人的领地还需要用钱来做事，那么爱心、仁慈和让彼此开心的心愿都是用来做什么的呢？那我们这里跟其他的地方有什么区别吗？还能称得上世界上最美好的地方吗？"铁皮国王大声说道，"不过，好在，在伟大的奥兹国是没人知道钱是什么东西的。这里根本没富贵和贫穷之分，因为一个人缺少什么，另一个人总会想办法满足他，就是想让他开心。而且，在奥兹国，是没有人奢求得不到的东西的。大家都很知足。"

"啊，那真是理想的国度。"邋遢人听了铁皮人的话，非常激动地喊道，"我也厌恶金钱至上的社会，在黄油田有个人欠了我一角五分钱，他总想着还我，但是我却不要他还。这就是为什么我一直不去黄油田的缘故。这样看来，奥兹国真是世界上最温暖、最幸福的所在，我多希望能够一直住在这里啊！"

铁皮人认真地听着邋遢人说话。他对邋遢人非常有好感，虽然他并不知道这是"爱的磁铁"所起的作用。他说："好吧，我的朋友，如果在奥兹玛公主那里，你能证明自己正直善良、诚实忠义、仁爱友好，那么我就把你留在我这里，让你幸福地生活一辈子。"

"好，我一定会想办法证明我是一个多么善良诚实、友善忠诚的人。"邋遢人一口答应下来。

"好，那么现在，"铁皮国王说，"请大家回到自己的房间梳洗打扮一下，晚宴设在铁皮餐厅，我将在那里为你们接风洗尘。对了，邋遢人，我没有适合你的衣服，因为我自己只穿铁皮，但是给你穿铁皮似乎不太合适。"

"我从来不在意穿衣打扮。"邋遢人毫不在意地说。

"这一点我是能想到的。"铁皮国王礼貌地说。

现在温基人侍卫把他们带到了各自的房间，每个房间里也全是亮闪闪的铁皮，他们轻松地梳洗打扮一番，然后便一起去铁皮餐厅了。多萝茜把托托也抱在怀里，因为铁皮国王是喜欢托托的。多萝茜告诉她的朋友们，在温基人的领地连动物也会受到礼遇，因为他们都有一颗善良的心——当然前提是，小动物们都乖乖的。

托托今天很懂规矩，稳稳当当地坐在多萝茜身旁，正在吃铁皮人准备的晚餐。大家用餐的盘子也都是铁皮的，虽然是铁皮，却都擦得亮闪闪的，比银盘子还亮呢，而且造型别致。

这时候亮纽扣的好奇心又被勾起来了，他定定地看着铁皮人，因为虽然他为大家准备了丰盛的晚餐，自己却一口不吃。他只是那样高高地坐着，细心地叮嘱着侍卫们为大家服务——尽管这顿晚餐已经足够丰盛。其实，还有让亮纽扣更好奇的，那就是他们就餐时的乐队，虽然演奏者都是普普通通的温基人，但是他们的乐器都是铁皮做的：小号、提琴、鼓、铙钹、长笛、黑管……这些无一例外，都是铁器。而且演奏出来的声音是那么悦耳动听。当他们演奏到环状甲虫乐队为铁皮人国王专门创作的《铁皮国王圆舞曲》的时候，七彩禁不住跟着乐曲跳起舞来。她吃了铁皮人专门命人给她采集的露珠后，心情特别好，毕竟太久没有吃到这么可口的美食了。所以她开心地伴着音乐优雅地跳了起来，七彩柔软的腰肢加上她彩虹般的纱裙、梦一般美丽的舞姿，看得所有人都很开心，铁皮人情不自禁地为七彩鼓掌，那两只铁手掌敲出来的声音竟然盖住了乐队的演奏声。

这是一个非常和谐美好的夜晚，尽管铁皮人什么都没吃，但是他对多萝茜说："今晚七彩姑娘没有吃到雾饼，我感到很遗憾，一定是放到了什么地方，因为我特意叮嘱厨师做了雾饼，明天的早餐我一定让美丽的七彩姑娘吃到雾饼。"

晚上，他们都开心得睡不着，于是多萝茜就给他们讲述她以前的历险故事，快到午夜的时候才不情愿地睡去。第二天清晨，他们又走上了去往翡翠城的道路。这次又多了一个同行者——铁皮人尼克·乔伯，他的铁皮外衣擦得晃眼，他的铁皮斧子更加别致，斧刃是钢做的，然后又镀了一层锡，斧柄上还雕刻上了花纹，并且在中间镶嵌了一颗钻石。

温基人们都来城堡门口恭送国王和他的朋友们出发，他们一看见铁皮国王，就发出了震耳欲聋的欢呼，百姓们对铁皮人的爱戴，让多萝茜他们又一阵唏嘘感叹。

第十六章

访问南瓜田

在出发前，亮纽扣已经把铜人身上所有的发条都紧了一遍，因为多萝茜害怕在半路上铜人再出问题，上完之后，铜人觉得浑身都充满了力量，他相信自己可以走到翡翠城。

铜人和铁皮人虽然都是金属制成的，但是他们俩还是大相径庭。铜人完全是个机械人，靠发条生活，铁皮人则是个活人，能够自由活动，当然前提是别生锈。铜人的身材矮小圆润，铁皮人则高大威猛，而且棱角分明。你可以去爱铁皮人，因为他也很可能去爱你，但是你完全不用去对铜人产生爱这种感情，因为他只是个机器，就像你怎么能去爱一架缝纫机或者汽车、飞机呢。

但是滴答人在奥兹国也很受百姓的拥戴，因为他从不说谎，也不会背叛谁。只要你把他的发条上紧，他会为你做任何他能够做到的事，而且不分时间和地点。

如果一个鲜活的有生命的人，连任何事情也做不好，任何承诺都不能

兑现，那还不如做一个什么任务都无怨无悔接受，什么事情都尽全力去完成的机器来得好。

将近正午，多萝茜他们来到了一块无边无际的南瓜田。要说南瓜，也真是和温基人特别搭配，因为它们的颜色正是温基人喜欢的颜色。这些南瓜跟多萝茜平日所见到的有些不同，它们的个头都特别大。

他们刚走进南瓜田，就看见三个类似于坟墓一样的土墩，每一个土墩前面都立着一块墓碑。

"这都是什么？"多萝茜好奇地问。

"我明白了，"铁皮人说，"这是最优秀的南瓜人杰克的私人墓地。"

"哦？在我的印象里，奥兹国的人是不会死的。"多萝茜说。

"是的，他们不会死，但是也有做错事或者穷凶极恶的人被处以死刑。"

多萝茜仔细辨认着墓碑上的字，她看见第一块墓碑上写着：

此处是南瓜人杰克的一部分遗体，死于 4 月 9 日

接着她又来到第二块墓碑前，只见上面写着：

此处是南瓜人杰克的一部分遗体，死于 10 月 2 日

第三块墓碑上写着：

此处是南瓜人杰克的一部分遗体，死于 1 月 24 日

"哦，可怜的人啊，怎么死了还要这么奇特，"多萝茜说，"我多想见他一面。"

"你当然可以见到他，"铁皮人说，"因为他并没有死，他就住在这片南瓜田的小屋里，现在他是个农民，来吧，我带你们去。"

于是多萝茜他们跟着铁皮人来到一个巨大的南瓜前，南瓜的内部是空的，南瓜皮上开着一扇门、几扇窗户。南瓜蒂是火炉和烟囱的所在。门口有五阶台阶，通向南瓜的内部。

他们走到南瓜门口，向里面张望。南瓜屋子中央放着一张长凳，凳子上坐着一个人，这个人穿着一件斑点衬衫，红色的马夹鲜艳地套在衬衫外面，裤子是蓝色的，但是洗得有些褪色，可是最让小伙伴们吃惊的是，这个人看起来不过就是几支木棒搭起来的，头也不过是画着鼻子、眼睛和嘴巴的南瓜做成的，看起来像万圣节的南瓜怪。

而这个南瓜人正在用他那木头的手指将一个滑腻腻的南瓜子扔出去，像是要打中南瓜房间里的一个目标。

"天啊，还真是南瓜人杰克呢！"多萝茜吃惊地大叫道，这时候南瓜人才发现有一群人站在他的门口。

他认出了来自堪萨斯州的多萝茜和温基人国王铁皮人，于是友好地过来拥抱他们，多萝茜把所有的朋友一一介绍给他。

亮纽扣在接触新事物的时候总是有些胆怯，他开始的时候离南瓜人远远的，但是后来看见他总是满脸笑容——虽然那笑容是刻上去的，就表现得十分亲近了。

"可是，我不明白为什么南瓜田前方会有三块墓碑呢？"多萝茜说，"而且，我看你现在跟以前没啥区别啊！"

"那是你没发现，多萝茜，事实上，你现在看到的已经是我的第四个脑袋了，"杰克说，"伟大的奥兹玛把我做出来，又用魔法粉末使我拥有了生命，为了这种生命的延续，我不得不经常换脑袋。你仔细看看，我的这张嘴已经跟以前的有些不同了，它是不是有点歪？"

"嗯，你一说我倒是觉得真有些不同。那杰克，你其他的脑袋呢？"多萝茜问。

"它们过不了多久就会腐败的，你知道南瓜的保鲜期并不是很长，腐败了也不能被用来做菜，所以我只能把它们埋葬了。奥兹玛公主每一次都会给我换上一个跟以前的脑袋差不多的南瓜头，可是我的身体却不会腐败，所以看上去我还是跟以前一样的杰克。但是有一次，因为南瓜季节被我错过了，所以没来得及换上新的南瓜头，我带着腐败的脑袋熬过了一段可怕的时期。从那时候开始，我就决定自己种植南瓜，这样就避免因为南瓜季

节的结束而延误我换新南瓜头的事情。现在你们眼前的这片南瓜田，就是我精心培植的，可是有些太大的南瓜是不能被当作脑袋的，所以我就把它镂空了，当作我的房屋。"

"可是，新鲜南瓜会很潮湿啊！"多萝茜说。

"还好吧，我把里面所有的瓜瓤和瓜子都清理干净了，就剩一个南瓜外壳，"南瓜人说，"你看，它现在很健康，能够维持好长一段时间呢。"

"啊，杰克，我发现你比以前聪明很多呢。"铁皮人说，"以前你的脑袋稍微有些愚蠢。"

"是以前的那些南瓜种子都太劣质了。"南瓜人杰克答道。

"对了，杰克，你要去参加奥兹玛的生日庆典吗？"多萝茜问。

"当然要去。"杰克说，"奥兹玛公主给了我生命，她相当于我的母亲。不管怎么样我都要去参加这个生日庆典的。可是我没法跟你们一起去了，因为走之前得先把我弄好的南瓜子种上，还得给那些发芽的南瓜苗浇水，但是我一会儿会去。咱们一定会在翡翠城重逢的。你们如果先到了，见到奥兹玛的时候一定先替我问候她，告诉她我很快就到。"

"这没问题，我们肯定做到。"多萝茜肯定地说。

然后这一群人离开了一望无际的南瓜田，重新走上了去往翡翠城的道路。

第十七章

王家金车来了

　　大家看见路两旁都是温基人金黄的房屋，随意、闲适地散落在那里，让人觉得这里的居民都很满足于他们的生活。在奥兹国是没有城市和农村的区别的，除了翡翠城之外，所有的房屋都一样，静静地待在它们觉得安逸的角落。

　　在宽阔平坦的大路两旁，常青藤和金色蔷薇花彼此映衬着，稻田也是经过精心打理的，整整齐齐、葱葱郁郁。离翡翠城越近，景色就越优美，农田就越葱郁。还有清澈激荡的小溪，这些长年用来灌溉农田的小溪上面还有横贯的桥梁，走在大桥上，看着阳光下闪亮活泼的小溪，心情别提有多舒畅了。

　　他们一路走着，一路闲聊着。邋遢人问铁皮人："是什么样的魔粉能让你的南瓜朋友变活呢？"

　　"生命之粉，"铁皮人说，"这个粉末的发明者是一个魔法师，他住在一座大山里。后来莫比女巫从他那里拿到一些生命之粉，带回了奥兹国。当时奥兹玛和她住在一起，那时候奥兹玛还不是我们的公主，莫比把她变成了小男孩。当莫比去大山里找那个魔法师的时候，奥兹玛就做了一个南瓜头的小人，一来是陪伴自己，二来也想等莫比女巫回来吓吓她。可是等莫比回来的时候看见南瓜人，她根本就不害怕，还把带回来的生命之粉在他身上做了试验，结果南瓜人活了，能够说话做事。奥兹玛发现了生命之粉的奥秘，就在夜里把粉末装进花椒瓶里，带着粉末还有南瓜人杰克逃跑了，离开了那个莫比女巫。"

"好神奇啊，那后来呢？"亮纽扣忍不住问。

"逃跑的第二天，奥兹玛和杰克在草丛里看见一只锯木马，就在他身上撒了些粉末，结果锯木马也活了。于是奥兹玛和杰克便骑着马来到了翡翠城。"

"锯木马？那这锯木马还活着吗？"邋遢人继续问。

"当然了，他还活着，或许我们在翡翠城还能遇见他呢。后来，奥兹玛

把最后一点儿粉末给了飞翔的'四不像','四不像'有了生命之后，就把她从敌人的手里解救了出来，可是后来大家把'四不像'拆了，所以现在他不存在了。"

"啊，生命之粉用完了吗？那太可惜了，"邋遢人说，"要是我们也有生命之粉，那该多好啊。"

"至于还有没有生命之粉，我就不清楚了，"铁皮人说，"就在前不久，我听说发明生命之粉的魔法师掉下悬崖摔死了，他所有的东西都归属了他的一个远房亲戚——老妇人蒂娜。这个老妇人也住在翡翠城，她得知了魔法师摔死的消息后，就去魔法师那里拿走了她认为有价值的所有东西。当然，也包括生命之粉，但是蒂娜根本就不知道什么是生命之粉。蒂娜养了一只大熊，这只大熊是蓝色的，可是有一天这只大熊吃鱼的时候，被鱼刺卡住喉咙死了。蒂娜特别伤心，因为舍不得大熊离开她，就把大熊的皮毛制成了毯子，铺在她家的客厅里，见过这个地毯的人说，这个毯子上还有大熊的脑袋和爪子。"

"哦，是的，我见过类似的地毯，"邋遢人说道，"但是却从未见过一张完整的蓝熊地毯。"

"哦，当然见不到，"铁皮人说，"后来，老妇人以为这瓶粉末可以用来防虫，因为这气味跟驱虫药太像了，所以，在一个多雨的季节，老妇人怕蓝熊地毯生虫子，就把粉末撒在了地毯上。于是蓝熊复活了，老妇人蒂娜吓了一跳，而且，这个复活的蓝熊没少给她添麻烦，真是让蒂娜太头疼了。"

"哦？那是怎么回事？"邋遢人赶紧问。

"因为复活后的蓝熊到处走动，给人带来了恐慌，而且，蒂娜再也没有地毯了。蓝熊虽然复活了，可是他始终不会说话，因为当他想要说话的时候，气流就被堵在肚子里出不来。虽然蒂娜十分宠爱蓝熊，但是对于他的复活，蒂娜并不开心，相反每天还很懊恼。她每天为了能让蓝熊老老实实地待上一会儿费尽了脑子，但是蓝熊却根本做不到，因为他现在可不只是一块地毯了，不需要静静等着谁去踩踏。"

"我还觉得蒂娜会因为蓝熊的复活开心呢！"多萝茜说。

"那可一点儿都没有，因为在蒂娜的心里，他已经是一张地毯了，作为一张地毯，他还有存在的意义，现在即便是活过来，他也不再是以前那只熊了，也就没什么意义了。"铁皮人说，"所以，我倒觉得这些粉末不存在是件好事，会少制造多少麻烦啊。"

"哦，也许你说得对。"邋遢人沉思着。

午餐的时间到了，他们来到了一家农舍，农民夫妇拿出好饭招待他们，他们美美地吃了一顿，心里说不出的满足。这个农民还认识多萝茜，因为多萝茜是伟大的奥兹国女王奥兹玛的朋友。所以，他们对多萝茜以及她的朋友就更加细心周到了。

吃罢午餐他们离开了农舍，走了没多久便遇见了一架高桥，桥下是一条宽阔的大河。铁皮人说："这是温基人领地和翡翠城的分界线。走过这条河，我们就到翡翠城的领地了。"虽然翡翠城离这个边界还有一段距离，但是这里的风景已然比前面都更加漂亮了。大片平坦辽阔的牧场，修剪得整整齐齐的草坪，像一张绿色的大地毯延伸向远方，一大片一大片的绿，毫无杂质，没有农田，也没有疏落的房屋，只是这么广博的绿。

他们走在高桥上，已经能看见翡翠城雄伟的建筑，高高的塔尖直冲云霄，华丽的圆顶建筑恢宏大气地耸立在城墙之上，在阳光的照射下，这些建筑发出宝石般熠熠的光辉。邋遢人不禁发出赞叹，对于这座城市由衷的欣赏和向往已经溢于言表。伟大的翡翠城啊，虽然千万次出现在他的梦里，但是远没有此时看见的这么辉煌和富丽。这是邋遢人此生最有意义的旅行，邋遢人在心里对这个地方又爱又敬。

七彩也很喜欢这个地方，那翡翠一样的绿眼睛里闪烁着从未有过的光亮，她开心地翩翩起舞，走在队伍的最前面。她飞快地掠过高桥，走进了枝繁叶茂的树丛中，不禁停下脚步，看着眼前的这些树木。树上的叶子像美丽的羽毛，微微卷起来的部分更增添了叶子的美丽雍容，而更让七彩惊奇的是，这些叶子竟然是彩虹的颜色。七彩看看叶子，再看看自己的长裙，发现它们真的很像很像。

"要是我的父亲能看到这些就好了，"七彩低声说着，"它们是那么像父亲搭建的彩虹。"

可是话音刚落，多萝茜他们便看见七彩惊跳了起来，原来从彩虹树下走出两只大猛兽。这两只猛兽实在太巨大了，哪怕他们轻轻一扑，七彩就会粉身碎骨；或者只要他们张开嘴，巨大的兽嘴就能吞下整个七彩。多萝茜他们看清了，一只是棕色的狮子，像一匹骏马那么高大；另一只是斑斓猛虎，个头跟那只狮子差不多。

七彩吓得失去了喊叫的能力，整个人瘫坐在地上，心脏都快停止跳动了。这时多萝茜却从后面冲过来，发出一阵欢呼，竟然伸出两只手臂抱住了狮子。原来这只狮子竟然也是多萝茜的朋友。

"啊，太好了，又见到你了，"多萝茜开心地叫道，"饿虎，你也好啊，你们俩真是越来越强壮了，你们一定很开心、很幸福吧！"

"是啊，多萝茜，我们过得很好，"狮子用沉稳却亲切的声音答道，"多萝茜，我亲爱的姑娘，你是来参加奥兹玛的生日庆典的吗？我太开心了，我可以肯定地告诉你，这是一个最奢华盛大的庆典。"

"我还听说庆典上会有许多胖娃娃，"饿虎兴奋地说，他还张开嘴打了个哈欠，七彩看到了他嘴里那锋利的牙齿，"不过，我肯定不会吃任何一个胖娃娃的。"

"哦，饿虎，你的良心还在，它可还认真负责地为你工作吗？"多萝茜关切地问。

"是呀，多萝茜，良心简直太残暴了，它拼命约束我的行为，"饿虎有些无奈地说，"我真的不知道还有什么事比拥有良心更让我不开心的了。"说完，饿虎还顽皮地对狮子使了个眼色。

"啊哈，你在跟我开玩笑，"多萝茜说，"即便是你没有了良心，我也相信你不会去吃胖娃娃了。快，七彩，起来，到我这儿来，我要把我的朋友介绍给你。"

七彩战战兢兢地挪了过来。

"多萝茜，你到底有多少奇奇怪怪的朋友？"七彩问。

"不管多么奇怪，他们总归是我的朋友，"多萝茜说，"这位高大威猛的狮子就是胆小狮，虽然他胆子比任何动物都大，但是之前他却一直认为自己是胆小的狮子，后来伟大的奥兹玛给了他一

些胆量，他比以前好多了。"

"你好，我十分美丽可爱的姑娘，"狮子对七彩鞠躬，并发出由衷的赞叹，"我希望你能相信我，成为我的朋友。"

"这是饿虎，"多萝茜说，"他曾经特别想吃胖娃娃，虽然他不会饿肚子，因为森林里有太多东西可以让他尽情吃饱，但是他是只有良心的饿虎，所以我相信，即便是他再饿，也不会去伤害任何人。"

"哦，多萝茜，你说话一定要当心了，不许败坏我的名誉，事实上，你们的评价都存在偏颇，你们总是认为我们会怎样，而不是我们做得怎样。如果按你说的，我爱吃胖娃娃的话，那么眼前这位美丽无比的七彩，一定是顿又美味、又漂亮优雅的早餐。"饿虎笑着说。

第十八章

翡翠城

现在，所有的朋友都围过来了，铁皮人跟老朋友们热情地打着招呼。当多萝茜拉着亮纽扣的手，把他带到怪兽的跟前时，小男孩吓得大声喊着逃开了。但是七彩和多萝茜都说狮子和饿虎是善良可亲的，所以亮纽扣想了一会儿，便鼓起勇气走到巨兽跟前，还抬手摸了摸两只巨兽的巨头。狮子和饿虎非常温柔地跟他打招呼，并且很友好地看着他，小男孩的顾虑终于打消了，他开始喜欢这两只巨兽，并且还时时靠近他们，去抚摸他们身上柔软的毛。

至于邋遢人，如果平时走路的时候遇见了两只怪兽一定会害怕的。但是他在奥兹国经历过种种怪事，现在早已习惯了这些事的突然出现。而且，他的开心超过了惊诧。看见多萝茜和狮子、老虎的深情厚谊，他就更加确信，眼前的两只巨兽是友非敌了。

托托这个时候也见到了老朋友，非常兴奋地对胆小狮叫着，像是打招呼，它非常喜欢胆小狮，它还曾经坐在胆小狮的背上穿越丛林呢。现在胆小狮抬起巨大的前爪，摩挲着托托的小脑袋，托托用尖尖的小鼻子嗅着胆小狮的爪子，然后又抬起自己的小爪子跟狮子的巨爪碰触着，相信他们已经成了最好的朋友，这画面让多萝茜觉得太温馨了。

滴答人还有比莉娜跟这两头猛兽已经很熟悉了，所以他们都很有礼貌地向对方问安，并且打听了一下奥兹玛公主的近况。

人们只顾着和狮子、饿虎问好，却都没发现他们的背后拖着一辆金灿灿的车子。这时，他们才发现原来金车是套在狮子和老虎身上的。两只猛兽拉着金车，车身上有一颗颗绿宝石镶嵌出的美丽图案，金色和绿色的缎子镶边，座位上放着绿色天鹅绒坐垫，坐垫的四周垂下长长的黄金流苏，坐垫上面用金线绣了皇冠，在皇冠下还有金线绣的字。

"啊，这是奥兹玛公主的座驾，太难得了。"多萝茜吃惊地说。

"你说对了，"狮子说，"就是奥兹玛公主派我们来接你们的，她怕你们一路艰辛，太疲惫，也想让你们以贵客的身份进城。"

"天啊，多萝茜！"七彩嚷嚷道，"你是贵族吗？"

"哦，七彩，只有奥兹国才会把如此高贵的殊荣给予我，"多萝茜说，"虽然我在堪萨斯州不过就是一个农家小姑娘，我每天要做的无外乎就是给奶牛挤奶，然后制作黄油，帮爱姆婶婶擦干她洗过的盘子等。但是在这里，奥兹玛给我一个公主的封号，所以我属于贵族。七彩，你在彩虹上的时候也帮忙刷过盘子吗？"

"不，从没有过，亲爱的。"七彩笑着回答。

"哦，是的，我在奥兹国当公主的时候也什么都不用干。"多萝茜说，"看来，偶尔当一回公主也是一件开心的事，你觉得呢？七彩。"

"我也这样认为，多萝茜。"七彩答道。

"请多萝茜带着七彩和亮纽扣上车吧。"狮子说，"但是你们注意千万别踩到金线，也别把你们脚上的泥巴弄得到处都是。"

比起这豪华的车，亮纽扣更满意拉车的阵势，两头巨兽在前面为他们拉车，他觉得这是一份光荣，他悄悄地对多萝茜说，他觉得自己就是马戏团的演员，特别自豪。

狮子和饿虎在前面迈着大步走着，当翡翠城越来越近时，路上的行人都对着这辆金车毕恭毕敬地鞠躬，也对着在地上行走的铁皮人、邋遢人、滴答人还有比莉娜鞠躬。

比莉娜有时蹲坐在金车的后面，这样她就可以絮絮叨叨地对多萝茜说她自己的十只小鸡了。不久，他们终于来到雄伟的城门前，那城门镶嵌着宝石，看起来是那么富丽堂皇。同样豪华的金车停在了城门前。

戴着绿色眼镜的守门人来为他们打开城堡的大门。多萝茜再一次向她的朋友们介绍这位守门人。他们看到一大串钥匙用一根金链子穿着，挂在他的脖子上，他用钥匙打开了城门，金车轰隆隆地穿过外城门，进入一个拱形走廊的内城门，穿过内城门，终于来到了翡翠城的街道上。

辉煌的建筑和装饰没办法用语言来形容。多萝茜已经来过多次，并不是很激动。但是七彩欣喜若狂地跳起来，即使生活在彩虹上，她也不曾领略如此美景。她觉得这是比仙境还要美丽的地方。亮纽扣本来就没什么语言储备，这个时候也只会惊讶得张大嘴巴说："天啊，天啊！"他甚至舍不得眨眼睛，蓝眼睛更加明亮了，站起来使劲张望，像是要把一切都装进睛里一样。

邋遢人虽然见多识广，但是此刻已然被惊呆了，如此奢华的城市，如此恢宏的装潢，相信他这辈子也见不到比这里更加富贵的地方了。所有绿宝石的建筑上都用黄金来装饰和固定。这要是在别的地方，只需要一小块黄金，就可以发大财了。人们走的大理石的街道护栏上，也都有一颗颗镶嵌的绿宝石。人行道上的男人、女人和孩子们，都穿戴整齐、干净，衣服的面料都是极好的绸缎，而且上面还装饰着奇珍异宝。

比这些所有一切都更加光彩的就是人们脸上那快乐和安逸的表情，所有的人都非常开心和幸福，城市的各个角落都充斥着欢声笑语。

"他们不用干活吗？"邋遢人问。

"当然要，"铁皮人说，"如果没人劳动，那么这么美丽的城市又是谁建造的呢？他们吃的食物、穿的衣服、用的工具，又都是怎么得到的呢？所以，他们要干活，但是不是一直干活，他们更多的时间用来享受生活。就算是干活的时候，他们也不把这些活儿当作负担，而只当作娱乐。所以他们没有不开心的时候，一直很快乐。"

"那简直是太理想的状态了，"邋遢人说，"我一定要争取奥兹玛的同意，让我住在这里。"

豪华的金车在华丽的街道穿行，沿途所有的景致都让第一次到达翡翠城的人叹为观止。最后他们来到了一座高大恢宏的建筑物前，那种奢华富丽是没有任何宫殿可以媲美的，连亮纽扣都知道这就是王宫。宫殿前面的花园和空地由绿色大理石作为隔断，规划得特别合理，设计也别出心裁。金车刚刚到达门口，宫门就被打开了，胆小狮和饿虎走上了用珍珠和贝母铺就的道路上，他们大踏步地走向王宫的正门。

"终于到了！"多萝茜兴奋地喊着，她跳下了金车，随即把亮纽扣也扶了下来，七彩跟着他们俩轻盈地跳下车来。一群衣着华贵的侍女在列队迎接，当多萝茜他们走上大理石台阶时，那些迎接的队伍都应声鞠躬，把头低得不能再低，这是对贵宾的最高礼遇。迎接队伍的负责人是一个满头黑发且有一双乌黑发亮的眼睛的姑娘，她一身深绿绸缎的衣服，镶着银边。这是奥兹玛公主的贴身侍女。

多萝茜看见了她，便欢呼着跑过去："啊，吉莉娅·詹姆，能再次见到你了，太开心了！奥兹玛在哪里？她还好吗？"

"公主很好，谢谢你，"吉莉娅端庄稳重地回答道，"多萝茜公主，奥兹玛公主希望你们先休息片刻，换好衣服就去见她，此刻她正在大殿。她希望今晚能同你们一起共进晚餐。"

"好的，吉莉娅，奥兹玛的生日是哪天？"多萝茜问。

"禀告公主殿下，奥兹玛公主的生日是后天。"吉莉娅恭敬地回答。

"稻草人呢？他在哪里？"多萝茜急切地问。

"他到蒙奇金的领地去采摘新鲜的稻草了，他要用新鲜的稻草填塞自己的身体，这样才能更好地迎接奥兹玛公主的生日庆典，"侍女回答，"或许，他明天就能回来了！"

这时候，滴答人和邋遢人、铁皮人也都到了，胆小狮和饿虎拉着金车去王宫的后面了，比莉娜离开她的宝宝们太久了，也随同狮子和饿虎去看

她的孩子们了，托托这时候还是紧跟着多萝茜。

"各位，请进。"吉莉娅·詹姆说道，"很开心由我来把你们送到休息的房间，这是我的幸运。"

邋遢人在如此整洁华丽的房间前却犹豫不决起来。他忽然间觉得自己与这周围的环境有点格格不入了，在这华美干净的环境里，邋遢人第一次觉得自己的形象有些不妥。

多萝茜劝慰他说，在奥兹国的宫殿中，没有人会以貌取人，人们不会因为谁的穿戴而轻视或者高看谁。但是邋遢人还是拿出他的脏手绢，仔细地擦了擦他那双旧鞋子上的灰尘，跟在多萝茜他们后面进入了恢宏的大厅。

铁皮人每次来拜访奥兹玛公主的时候，都是和滴答人在一个房间里住，所以这次他自己走向了滴答人的房间。他急于把身上的尘土擦拭干净，以保持银光闪闪的形象。

多萝茜在翡翠城也有一间固定的房间，她每次来总是住在那里，侍奉她的人就有好几个，虽然她对这里的环境已经很熟悉了，但是他们还是周到地伺候着。这次多萝茜要带着亮纽扣一起住，因为亮纽扣不敢一个人住，他毕竟太小了。七彩住在一个单独的套间里，因为吉莉娅·詹姆一眼就看出七彩是住惯了豪华宫殿的人，所以她就把这位美丽的小姑娘带进了一个美丽的房间。

第十九章

欢迎邋遢人

邋遢人站在大厅里局促不安，他第一次感到环境带来的压力，因为他以前从来没有到过如此华丽的王宫做客，或者说他从来不曾成为任何地方的客人。

除了奥兹国，是没有谁这么热情招待过他的，他多半时间都是睡在马厩和仓库里，一个温馨的房间对他来说都有点奢侈。

当其他人都回到各自房间的时候，他似乎在等待着那些衣着华贵的侍女们把他从王宫里赶出去。可是这时，一个侍女恭恭敬敬地向他鞠躬，仿佛没看到他的邋遢样子，对他表现出十分的尊敬。然后他听见侍女说："先生，请允许我带你去你的房间，可以吗？"

"这听起来是个不错的主意，"邋遢人长呼一口气，稍微有了点勇气，"我也刚好想去呢！"

侍女带着他穿过大厅，走上铺着天鹅绒地毯的楼梯，沿着一条装潢富丽的走廊，来到一条雕花的门道里。侍女停下脚步，她为邋遢人打开了房间的门，恭敬地说："先生，这就是你的房间，请进屋吧，在这里你千万不要拘束，就当到了自己的家一样，尽情享受我们提供的各种服务。如果你有什么需要的话，可以随时叫我，我很愿意为你服务。公主的晚宴七点开始，到时候我会来为你指路。你可以在客厅里看到你想拜见的奥兹玛公主。"

"好的，谢谢你，"邋遢人无比感激地说，"很高兴你能为我指路。"

随后他把门关上了，站在门廊里，他打量着这里的一切，顿时又觉得手足无措。他竟不知道该用什么语言来表达自己的心情了。

他觉得奥兹玛公主简直是太友善了，把全世界最高贵的屋子让他住了，不禁对主人的友善待人产生深深的敬意，也暗暗觉得自己是个幸运的人。

他向房间的正厅走去，眼前的一切让他都非常惊讶。所有的家具上都罩着用金布缝制的套子，套子正中有殷红的王冠图案。地上铺着柔软的地毯，他的旧皮鞋走上去，竟然没有任何声响。墙上挂着刺绣的大幅壁画，风景优美，让人身临其境。书架上散放着各类书籍，格子里有各种饰品。邋遢人从来不知道，一个房间里能容纳这么多美妙的东西。角落里竟然还

有喷泉泠泠作响，随着水花的激荡，还有香味弥漫出来。茶几上放着一个金盘子，盘子里全是新采摘的水果，还带着晶莹的水珠。邋遢人一眼就看见那红艳丰润的苹果，那可是他的最爱。

邋遢人看得如痴如醉，他不由得推开一扇门，原来门里面是他的卧室，这里的一切更让邋遢人的心感到从未有过的温暖。金子做成的床铺，床头还镶嵌着钻石，天鹅绒的被子上缀满了珍珠和宝石。在卧室的一侧是化妆间，衣橱里有各类精美的服装。化妆间再过去一点儿就是浴室，浴室里面有用大理石砌成的游泳池，泳池底是白色的大理石，绿色的宝石镶嵌在泳池周围的边缘上。泳池中的水晶莹剔透，像一块天然的水晶。

邋遢人来回仔细端详着这屋里的一切，好久才回过神来，于是，他决定要好好享用这一切。他首先脱下了脏兮兮的衣服和鞋子，在浴室洗了个干干净净，然后在泳池里游了几圈。用柔软洁白的毛巾擦干身子后，他走进了化妆间，精心选择了几件新的内衣，穿在了身上。他发现这里所有的衣服都是他的尺码，穿在身上无比合身。现在他开始挑选外衣了，他从里面挑选了一件最为别致的服装，这套衣服虽然料子是绝世无双的，但是样式看起来却很休闲，这对于邋遢人来说再合适不过了。邋遢人仔细端详着这套衣服，外套是玫红色的丝绒做成的，上面有着长短、粗细不一的绒毛，衣服的边角上缀满了红宝石，中间有金色的流苏；背心是奶油颜色的绸缎制成的，样子很闲适；短裤是玫红色丝绒制成的，跟上衣外套一样点缀着长短不一、粗细不均的绒毛；奶油色的长筒袜也是很闲适的样子，还有一双红宝石纽扣的玫红色休闲皮鞋，这样他的装备就齐全了。他看着镜子里的自己，十分满意地笑了。

他照镜子的时候看见了桌子上有一个螺钿首饰盒，便回过头来，仔细看着，首饰盒很精美，盖子上镶嵌着做工精致的银藤，银藤下面是一团团红宝石花。只是这个盒子就让邋遢人很赞叹了，只见盒子下面有一张便笺，笺上写着：邋遢人的饰品。

邋遢人低呼了一声，不得不佩服主人的周到。他打开盒子，觉得眼前一片珠光宝气，使得他费了好半天劲才回过神来。只见盒子里放着一只金

灿灿、光亮亮的金表，还有一条粗细适中的表链，几只各色宝石的戒指，红的、绿的、蓝的，让人眼花缭乱，还有一个做工尤为精致的红宝石胸针。邋遢人把这些都戴好，然后他开始梳理他那乱蓬蓬的胡子和头发，使它们尽量看上去闲适自在。现在他满意地看着自己，觉得即便是现在，他也可以马上就去拜见尊贵的奥兹玛公主了。可是时间还没到，他就回到了卧室，坐在茶几旁，拿起一个红苹果开始吃起来。

在邋遢人梳洗打扮的时候，多萝茜他们也在精心整理着自己。多萝茜为自己挑选了一件淡灰色的银线绣花长袍，穿上去显得很俊俏，她给小男孩亮纽扣选择的是一套蓝色条纹和金色条纹相间的缎子面料的衣服。多萝茜真是眼光独到，这个小男孩穿上这套衣服就像个小天使一样。多萝茜给托托找了一条绿色缎带系在脖子上。这样他们三个就一起下楼了。

他们来到了宫殿里最为富丽堂皇的客厅。客厅的正中放着一个孔雀石雕花宝座，宝座上放着绿色缎子的靠垫，中间绣着金色的王冠图案，尊贵美丽的奥兹玛公主就坐在这个宝座上等待着他的朋友们的到来。

第二十章

奥兹国的奥兹玛

就算是天下最美的语言，也无法形容奥兹玛公主的美丽，这种美只能用眼睛去看，用心去感受，而不能用语言去描绘。因为任何语言在奥兹玛公主面前都是苍白的，徒劳的，任何一种描绘都是一种亵渎。

再锦绣的山水在奥兹玛公主面前也都会失色，再富贵雍容的花在奥兹玛公主面前也都会羞愧难当，奥兹国最闪亮的珠宝在奥兹玛公主面前也都暗淡无光。无论是什么能让人心醉、心碎、魂牵梦绕的东西，只要跟奥兹玛公主比起来，那都不过如此。作为一个国家的统治者，奥兹玛公主风度翩翩、潇洒豁达，是没有一个国王能与之匹敌的。

奥兹玛公主的美，能让一切行为不端者改邪归正，能让所有恶行昭著者迷途知返，能让所有感怀叹息者获得心安，能让所有颠沛流离者找到乐园。

但是她所能唤起的不是普通的爱慕和敬畏，而是带着仁慈的大爱，是最甜蜜、最轻松的感情。多萝茜张开她的怀抱奔向奥兹玛，她们拥抱着、亲吻着，托托也开心地叫着，亮纽扣露出了洁白的牙齿对着奥兹玛笑着，并且乖巧地坐在了公主的身旁。

问过好之后，多萝茜开心地说道："奥兹玛，你快过生日的事情还是我从别人那儿听来的，你为什么不给带个信息呢？"

"我没有给你信息吗？"奥兹玛问道，她的眼神带着笑意，声音是那么甜美。

"你有吗？"多萝茜使劲回忆着。

"亲爱的，难不成你到现在还不明白，为什么你家附近的路会变得那么混乱吗？"奥兹玛微笑着说。

"啊哈，原来这一切都是你安排的，我怎么没想到！"多萝茜恍然大悟。

"当然了，我的小可爱，我从魔法地图上一直关注着你的赶路情况呢！"奥兹玛说，"我有两次差点使用魔法腰带把你带过来。一次是斯库德勒黑白两面人袭击你们；另一次是你们到了死亡沙漠的边缘。但是后来，都是邋遢人想到了办法使你们脱险，所以我就没有插手。"

"哦，我明白了，那亲爱的，你知道亮纽扣是怎么回事吗？"多萝茜问。

"这个我不清楚，我以前并没见过他，直到你们在大路上相遇，我也只是通过魔法地图知道有他存在的。"

"那彩虹的女儿呢？跟你有关系吗？"多萝茜又问。

"没有关系，她是从她爸爸搭建的彩虹桥上滑下来的，正巧你们从那里经过。"奥兹玛回答。

"哦，"多萝茜说，"对了，狐狸镇的多克斯国王和驴城的踢踢—叫叫国王拜托我跟你要一张来你生日庆典的请柬。可以答应他们吗？"

"哦，这两件事啊，我已经给他们发过请柬了，"奥兹玛说，"因为我知道，我的邀请会让他们觉得开心。"

"那乐器人呢？你也邀请他了吗？"亮纽扣忽然问。

"哦，亲爱的小男孩，我没有邀请他，因为他太吵了，会影响到别人。他不得不弹奏，而且弹奏得也不是很好听，所以还是让他自己待着比较好。"

奥兹玛解释道。

"可我喜欢乐器人的音乐。"亮纽扣嘟囔着。

"我可不喜欢！"多萝茜大声说道，"他太吵了。"

"没关系，亮纽扣，在我的生日庆典上会有很多乐队的，他们演奏的音乐都比乐器人奏出来的音乐要好听很多倍。"奥兹玛安慰道，"等你听了他们的演奏，你就会完全忘记那个乐器人了。"

这个时候七彩来了，她曼妙的舞姿引起了奥兹玛的兴趣，她热情地站起来迎接这位彩虹的女儿。

多萝茜觉得全世界最漂亮的两个女孩终于一起出现在大家面前了，但是比起奥兹玛，七彩还是美丽得太过单调和简单。可七彩并没有因此而心生一点点妒意，她更加喜欢这个传说中和实际上都很美丽的公主了。

这时候，侍女进来禀报，奥兹魔法师来了。

于是大家就看见了一个秃头的干瘪小老头儿，穿着一身黑袍子，慢吞吞、恭敬地走了进来。他带着满脸笑意，用闪闪发亮而和善的眼睛看着周围的一切。亮纽扣和七彩并不害怕他，虽然他们听多萝茜讲过关于这个魔法师的故事，但是他们觉得他并不可怕。魔法师对多萝茜表示了热烈的欢迎，然后就站在了奥兹玛的宝座后面，静静地看着年轻人们开心地交谈。

接着邋遢人闪亮登场了，多萝茜他们看了好一会儿才认出他来，虽然他的风格没变，但是一切都整洁起来，而且穿着特别得体，多萝茜不禁为他鼓起掌来。

"啊哈，邋遢人，"多萝茜喊道，"你太耀眼了！"

"可我觉得他还是邋里邋遢的样子。"亮纽扣喃喃自语道。

奥兹玛则对亮纽扣的评价很认同，因为他在给邋遢人准备服装时，尽量保持轻松随意的风格，就是为了保持邋遢人随意的本色。

邋遢人在这样的场合还是感到有压力，所以他站在那里不知所措。多萝茜便走上前去，把他带到了奥兹玛的宝座跟前。

"陛下，这是我的朋友，邋遢人，"多萝茜说道，"他拥有一块'爱的磁

铁'，这使得见到他的人都会喜欢他的。"

"欢迎你，邋遢人，"奥兹玛用和善的语气说，"可是，我有一件事特别好奇，你那块'爱的磁铁'是从哪里得到的呢？"

邋遢人涨红了脸，眼皮也不敢抬一下，支支吾吾地说："陛下，请见谅，那是我偷来的。"

"什么？！邋遢人，"多萝茜叫道，"可是你跟我说的是因纽特人赠予你的呀！"

邋遢人站在那里来回捣着左右脚，他觉得尴尬极了。"多萝茜，对不起，我骗了你，"他说，"可是现在，我既然已经在诚实池里游过泳，我就不能再说假话了。"

"那么，你能告诉我，你为什么要偷这'爱的磁铁'吗？"奥兹玛温和地问。

"因为我渴望得到爱，得到关心，"邋遢人忏悔地说，"可是没人爱我，更没有人关心我。这块磁铁本来是黄油田的一个小姑娘的，她因为这块磁铁很是烦恼，因为很多年轻小伙子因为爱她而大打出手，所以，小姑娘并不开心。可是自从我把'爱的磁铁'从她那里偷走之后，就只剩下一个爱她的人了。最后小姑娘嫁给了这个人，还得到了幸福。"

"你可曾因为'爱的磁铁'而感到困扰吗？"奥兹玛还是很温柔。

"不，从来没有，陛下，"邋遢人说，"我因为这块磁铁，得到了本来不能得到的很多关爱。如果没有这块'爱的磁铁'，我就不会得到多萝茜的关心，也不会来到这伟大的翡翠城，拜见尊贵的女王。现在，我唯一的心愿就是能够留在你的领地，做你的臣民。"

"可是，在奥兹国，我们获得爱，不是靠什么磁铁，而是出于本能，我的臣民从一生下来就被爱也给予爱。由于彼此的善良挚爱，我们才能够如此幸福安康。"奥兹玛耐心地说。

"所以，现在我打算放弃'爱的磁铁'，"邋遢人说，"我想把它送给多萝茜。"

"但是，多萝茜得到的爱很多，她已经用不着这块磁铁了。"奥兹魔法师说。

"那我就赠给亮纽扣吧！"

"我可不要。"小男孩果断拒绝。

"那么，就赠给伟大的奥兹魔法师吧。我知道奥兹玛公主完全不需要。"邋遢人说。

"可是，这里所有的人都非常爱戴他，"奥兹玛说，"那就这样吧，让我把'爱的磁铁'挂在翡翠城的大门口，让每一个来到翡翠城的人都得到爱，得到幸福。"

"这可真是个好办法，"邋遢人说，"没有比这更高明的办法了。"

现在大家都走进餐厅了，不用说，这肯定是最盛大奢华的晚宴。晚宴结束后，大家观看奥兹魔法师表演魔术。

魔法师从一边口袋里掏出八只白色的小猪，放在桌子上。八只小猪有拇指大小，极其可爱。一只小猪在桌子上扭来扭去，像个小丑，其他的跳过盘子和刀叉，围着桌子跑起来，互相追逐着，还不停地打滚翻跟头。小

猪的憨态可掬、活泼灵动，让宾客们捧腹大笑。魔法师把这八只小猪训练得如此灵活可爱，又那么小巧、机敏，全身软绵绵的。七彩不禁把它们抱起来，抱在怀里摩挲着，就像抚摸一只乖巧的小猫。

宴会结束的时候已经很晚了，他们也有些累了，就各自回到自己的房间休息了。

"明天，"奥兹玛公主说，"所有的客人都会到，在那些人中，肯定会有你们感兴趣的，来证明你们不虚此行。后天就是我的生日了，庆典会在翡翠城大门外的一片绿草地上举行，就算是全部的百姓都到那里，也丝毫不会显得拥挤。"

"但愿稻草人能及时赶回来。"多萝茜念叨着。

"会的，稻草人明天就到了，"奥兹玛回答，"因为他想更换新的稻草，而蒙奇金的稻草是出了名的，所以他才决定前往那里的。"

奥兹玛说完，便回到自己的房间去了。

第二十一章
多萝茜接待贵宾

第二天清晨，侍女把早餐送到多萝茜的房间，多萝茜把邋遢人和七彩都请来了，跟她与亮纽扣一起共进早餐。因为多萝茜喜欢跟大家在一起，这一群小伙伴有说有笑地吃了顿丰盛的早餐。

在他们还没吃完早餐的时候，就听见鼓乐队奏响了，声音很响亮。他们被声音吸引，走到阳台上张望。他们看见一个宏大的鼓乐队正从街道上走过来，他们精神饱满地吹奏着。人行道上都是看热闹的翡翠城的老百姓，他们的欢呼声、说笑声，把鼓乐队的演奏声都淹没了。

多萝茜想看看百姓们在向谁欢呼，发现原来是稻草人回来了。稻草人高高地坐在一匹锯木马上，锯木马优雅迈步，气宇轩昂，仿佛是一匹有血有肉的宝马。马蹄上用黄金包裹着，所以他每走一步，都足下生辉。他披着珍珠和宝石点缀的马鞍，就连辔头都是绿色锦缎加上宝石编织而成的，看上去珠光宝气、富丽堂皇。

稻草人坐在马上，在走近王宫的时候，看见了阳台上的多萝茜，便摘下了帽子，向多萝茜致意，多萝茜使劲挥动她的手臂，跟稻草人打招呼。当他的锯木马走到王宫门口的时候，稻草人挥手示意鼓乐队撤下，老百姓送到这里也都四散回家了。锯木马停在了宫门前。

多萝茜在阳台上已经看不到稻草人了，于是带着朋友们回到了房间，这时，稻草人已经出现在了他们面前。多萝茜紧紧拥抱着老朋友，稻草人也说十分想念多萝茜。接下来，多萝茜将她的朋友一一介绍给稻草人，稻草人礼貌地跟所有人握手——用他那塞满稻草的柔软的手。

邋遢人、亮纽扣和七彩都凝神地盯着这位举世闻名的稻草人，现在他可是整个奥兹国公认的最受欢迎、最值得爱戴的公众人物。

"啊哈，稻草人，你容光焕发了。你怎么看起来好像都是新的？"多萝茜好奇地问。

"是的，我让当初制作我的蒙奇金人重新帮我修整了一下脸部，"稻草人开心地说，"毕竟我被制成也好多年了，面容都有些褪色了。最近我的嘴角掉了一块油漆，导致我说话都没那么利索了。现在我又重新焕发了精神，而且我可以自豪地说，我的身体里塞满了整个奥兹国最好的燕麦秸秆。"

稻草人说着就拍了拍自己的胸膛，"你们听听看。"

亮纽扣对稻草人表现出了很浓厚的兴趣，他上下打量着这个用稻草填塞身体的伟人，眼神里都是困惑。七彩也是一样，她出神地盯着稻草人新画的脸，心想是什么样的匠人能够画出这样精美的嘴来。邋遢人则对稻草人很恭敬，他倾听着稻草人讲述自己的制作过程，心里生出很多敬意。

大家都津津有味地听着稻草人的讲述，这个时候奥兹玛的贴身侍女吉莉娅·詹姆来了，她告诉多萝茜，奥兹玛公主让她去接待室接见客人。因为奥兹玛公主正在为明天的庆典做准备，所以这件事就委托给多萝茜了。

多萝茜以翡翠城另一个公主的身份来到了接待室，因为她觉得自己有义务为奥兹玛分担。于是，她来到了接待室，坐在了奥兹玛之前坐过的宝座上，让七彩坐在她的左手边，亮纽扣坐在右手边。稻草人站在七彩的后面，铁皮人站在亮纽扣的后面，邋遢人和奥兹魔法师站在宝座的后面。

首先进来的是胆小狮和饿虎，他们的脖子和尾巴上都扎上了鲜艳、亮丽的蝴蝶结。他们深深地对多萝茜鞠躬，然后便卧在了宝座下面。

这群好朋友又在一起了，多萝茜心情非常好，她最喜欢跟朋友们在一起了。

在等候客人到来的时候，稻草人对坐在他前面的亮纽扣说："小可爱，你为什么叫亮纽扣？"

"不知道。"亮纽扣答道。

"乖孩子，你是知道的，不可以说谎。"多萝茜温柔地对亮纽扣说。

"那好吧，我爸爸说我的眼睛亮晶晶的，像个纽扣，于是妈妈就给我取了个名字叫亮纽扣。"亮纽扣老老实实地回答。

"那你妈妈呢，她在哪里？"稻草人问。

"不知道。"亮纽扣说。

"那你的家在哪里呢？"稻草人还不死心。

"不知道。"亮纽扣还是那个答案。

"那你不想回家，不想找到妈妈了吗？"稻草人接着问。

"不知道。"亮纽扣不慌不忙地答道。

稻草人陷入了沉思。"我觉得你爸爸说得很对，"他诚恳地评论着，"纽扣的种类很多，有闪闪发光的金纽扣、银纽扣，也有色泽不同的闪亮的珍珠纽扣、宝石纽扣，它们都很亮，但是亮度不一样。我想，还有另外一种，就是用那种棉布包裹的纽扣，当你爸爸看着你的眼睛，说它们亮晶晶的，像纽扣一样，我觉得说的就是这种棉布包裹的纽扣。你觉得呢？"

"不知道。"亮纽扣答道。

这时候，南瓜人杰克到了，他手上戴着洁白的手套，是白羚羊皮做成的。他给奥兹玛的生日礼物是一条南瓜籽项链。最奇特的是每个南瓜籽上都镶嵌着一颗卡萝莉玉，那可是全世界最稀有的玉石。杰克真的很用心来做这个礼物，他还选了一个天鹅绒的盒子来装这条项链。吉莉娅·詹姆把礼物摆放在一个长条桌子上，那里已经放了很多礼物。

接着，一个身材高挑的妇人来了，她穿着一条华美的长袍，长袍上有蜘蛛网一般的花纹，用银线滚边，这就是著名的南方女巫格琳达，她是个善良的女巫，她曾经多次帮助多萝茜和奥兹玛渡过难关。格琳达的魔法是真实存在的，并不是魔术，而且她的仁慈和她的法力一样强大。她走上前来，给了多萝茜一个深情的拥抱，又分别吻了七彩和亮纽扣，对邋遢人友好地点头。然后吉莉娅·詹姆便把格琳达安排到王宫最富丽堂皇的房间里去休息，并安排五十名侍女服侍她。

第三个到达的是 H.M. 环状甲虫 T.E. 先生，这位先生为什么有这么特别的名字呢？原来 H.M. 是放大了很多倍的意思，T.E. 是接受过完整教育的意思。因为环状甲虫是奥兹国声名显赫的教授，所以他的名字起得有些特别，大家也都能理解。他还为奥兹玛的生日谱写了一首歌曲，他想为大家先读读歌词，但是稻草人拒绝了这个请求。

又过了一会儿，门外传来叽叽喳喳的像唱歌又像喊口号的吵闹声，原来是比莉娜带着她的十只小鸡过来了。十只小鸡都毛茸茸的，特别可爱。黄母鸡骄傲地走在前面。多萝茜从宝座上下来，抚摸着十只小鸡的头。"他们是一群可爱的小家伙，比莉娜，你真是了不起。"多萝茜微笑着说。多萝茜发现比莉娜的脖子上戴着一串珍珠项链，而她的十只小鸡脖子上各戴了一条细细的金链子，链子下面有一个小小的金锁，上面刻着一个小小的"多"字，简直太精致了。

"多萝茜，你打开金锁，"比莉娜说，多萝茜听话地打开了金锁，每一个金锁里面都有一张多萝茜的照片，"因为我给他们起的名字都是你的名字，所以我给他们每个人都佩戴了你的照片，为的是让他们能够永远记住你。"比莉娜说着，小鸡们都散开了，绕着宽阔的大厅乱跑起来。"快回来，多萝茜，咯咯——咯咯——快到这儿来。"黄母鸡大叫着。

小鸡们听到叫唤自己的名字，马上就聚拢回来了，他们着急地跑着，扑闪着自己绒毛未脱的小翅膀，用各种姿势向黄母鸡冲来，那样子真是稚嫩可爱。黄母鸡刚刚把小鸡们都聚拢在她柔软的胸脯下，铜人便踏着他那扁平厚重的铜脚板，砰砰地走过来。

"你好，多萝茜公主，我的发条已经完全上好了，所以我可以很好地工作了。"铜人说。

"是的，我能听见它们在嘀嗒嘀嗒地响。"亮纽扣说。

"滴答人今天真的很帅，很绅士。"铁皮人说，"过来，站在邋遢人的身边，和我们一起接待宾客吧。"

多萝茜这个时候已经为比莉娜和她的十只小鸡找到了柔软的座位，她刚回到宝座上，宫外便响起了宏大的音乐。多萝茜正在纳闷，是谁来了呢，这么大阵势。

吱呀一声，宫门打开了。是姜饼人，他浑身烤成可爱的棕色。多萝茜看着他浑身匀称光滑的样子，很是好奇。他头戴一顶棕色绸缎帽子，手里拿着一根手杖，这手杖应该是糖做成的。有着黄红相间的花纹。他穿着一件衬衫，衬衫前胸和袖口都是糖霜做的，从纽扣的样子来看，应该是甘草粒。

与姜饼人一起来的是一个小孩，头发是淡黄色的，水汪汪的蓝眼睛里盛满喜悦，一身洁白的睡衣、睡裤，脚上光脚穿着一双凉鞋。这个小孩双手插在上衣口袋里，好奇地打量着周围的一切。这孩子的身后站着一只橡皮熊，全身都是橡胶的，好像还被打足了气，橡皮熊能够直立行走。橡皮熊有一双闪烁的黑眼睛，也跟小孩子一样打量着大厅里的一切。

橡皮熊身边站着两个瘦子，他们的个子都高高的，还有两个胖子，相反他们的个子都矮矮的。这四个人都整齐地穿着高贵的正装。

多萝茜并不认识所来何人，于是奥兹玛公主的掌礼大臣马上走上前通报来人的身份。他深深地鞠躬，然后说："现在来的客人是国王面团一世，他是希兰和罗兰两个王国的国王。还有他的得力助手——小天使吱克，这位熊先生是他们的朋友，帕拉·布罗因。"

这些被介绍的著名的人物，都对着多萝茜鞠躬致敬，多萝茜马上还礼，并一一介绍在座的宾客，以便大家互相认识。因为他们是第一批到来的外国客人，所以这里的所有人对他们都很客气礼让，这使得他们很是开心。

小天使吱克很活泼地跟每个人握手问候，就连黄母鸡比莉娜他都没有错过，他是那么开朗、活泼、喜气洋洋，所以大家对他的欢迎超过对其他任何人的热情。

"你猜，小天使是跟你一样的男孩吗？"多萝茜问亮纽扣。

"不知道。"亮纽扣说。

"老天，你们多么奇怪啊，都长成这样子。"橡皮熊环顾着四周，发出了感慨。

"你也很奇怪的，"亮纽扣一脸认真地说，"面团国王味道怎么样？"

"味道好极了！"小天使吱克大笑着回答。

"这里没有人爱吃姜饼吧！"面团一世有点担心。

"哦，请你放心，即便是我们这里有谁喜欢吃姜饼，也不会把自己的客人吞掉的，"稻草人斯文地说，"不用担忧这个问题，你们现在是在奥兹国，没有任何一个地方比这里更安全。"

"可是，孩子，你为什么叫吱克？"黄母鸡有点不解地问。

"因为我是从蛋里孵出来的孩子，我都不知道自己是不是有父母。"国王的得力助手小天使说道。

"那你真够可怜的，我的小鸡们还都有个妈妈，就是我。"黄母鸡说。

"这真是太好了，"小天使说，"你不知道，孵化器孵出来的孩子都不那么爱玩，很呆板，这让人不开心，因为孵化器是没有感情的。"

这时候国王面团一世呈上了他带来的生日礼物，那是一个姜饼王冠。王冠用珍珠作为装饰，王冠的五个尖角上有五颗巨大的上等珍珠，王冠的四周都用珍珠来镶嵌。多萝茜替奥兹玛感谢了面团一世，并派掌礼大臣把他们送到早已安排好的房间里休息。

刚刚安排好面团一世他们，宫外的鼓乐声再次响起，这说明又有重要的客人来了，而且肯定是外国的朋友，多萝茜派掌礼大臣前去，用最为隆重的礼节迎接。

第二十二章

贵宾莅临

宫门吱呀一声打开，进来了一群小精灵，这些童话世界里活灵活现的小孩儿，此刻就在多萝茜面前，他们开心地跳着、笑着。跟在小精灵身后的是十二个来自伯齐大森林的克努克，他们都弯着腰和背，长着长长的胡子、蜷曲的脚趾头，戴着尖尖的帽子。由于他们的背是直不起来的，所以他们看起来很矮小，个子还没到亮纽扣的肩膀。

人们的目光从所有人的身上投到后面进来的这个人身上，因为他就是那个众所周知、人见人爱、全世界都欢迎的人。根本不用掌礼大臣通报，全场所有人都站了起来，用最热烈的掌声欢迎他的到来，而且还深深地对他鞠躬。

"现在到来的就是孩子们最喜欢的、最想要看见的、至高无上的我们的朋友——圣诞老人！"掌礼大臣待大家掌声落下，大声通报。

"大家好，见到你们很开心，"圣诞老人轻松地说，"能跟你们欢聚一堂更是开心！"

他来到了宝座前，多萝茜看到圣诞老人长着红苹果一样的脸蛋，圆润红艳，容光焕发，眼睛里充满慈祥的笑意，胡子浓密洁白，像剃须膏起的泡沫一样松软。肩上披着貂皮斗篷，红色的斗篷让他的白胡须更加醒目。背上背了一只背篓，背篓里放满了送给奥兹玛的礼物。

"你好啊，多萝茜，你还在历险旅游吗？"圣诞老人握住多萝茜的手，顽皮地问道。

"圣诞老人，你好啊，你是怎么知道我的名字呢？"多萝茜被圣诞老人这么热情地问候，还觉得有点害羞了。

"呀，小姑娘，难道每年的圣诞节前夜，你睡着的时候，不知道我曾经见过你吗？"圣诞老人说着，还爱怜地捏了一下多萝茜羞红的脸蛋。

"啊，你真的看到过我吗？"多萝茜带着期待问。

"对啊，而且你身边的这个小孩一定是亮纽扣！"圣诞老人说着抱起亮纽扣亲了一下，"可是，小可爱，你家离这里太远了！"

"你也认识亮纽扣？"多萝茜感到非常吃惊。

"当然了，我去过他家啊，在圣诞节前夜。"圣诞老人肯定地说。

"你见过他的父亲？"多萝茜追问。

"当然见过，亲爱的多萝茜，你难道认为还会有别的神秘人在亮纽扣的长筒袜里放礼物吗？"说到这里圣诞老人还顽皮地冲魔法师眨了眨眼。

"那么，他家在哪里啊？我们一直想知道他家在哪里，可是他自己根本就不知道，我们都很替他着急，他是个迷路的孩子。"多萝茜急切地说。

圣诞老人大笑起来，他用手按着圆圆的红鼻子，仿佛在思考什么。然后他弯下腰对着奥兹魔法师说了句什么，魔法师微笑着点点头，似乎确定了什么事。

圣诞老人此刻正在端详七彩姑娘，他走到七彩的面前。

"可是，依我看，七彩姑娘才是你们中离家最远的一个呢！"他说着，用赞赏的目光看着七彩，"七彩，你的事我一定想办法告诉你父亲，让他搭桥来接你。"

"谢谢你，我最亲爱的圣诞老人，"七彩温柔地说，"请你一定要告诉我的父亲。"

"好了，现在我们不要想不开心的事了，我们要在伟大的奥兹玛公主的生日庆典上，开开心心地玩一回，"圣诞老人开怀地说，并转身把他的礼物放在了长桌上，跟所有礼物放在了一起，"你们是知道的，我不会离开我的城堡很长时间，但是奥兹玛给我发了请柬，所以我一定要来给奥兹玛送祝福。"

"这简直是太明智的邀请了！"多萝茜开心地大叫。

"这些都是我的丽尔们，"圣诞老人指着那群角落里的精灵说，"当花儿结出花苞和绽放的时候，他们就负责给花儿上色。但是这群调皮可爱的小家伙听说我要带他们来奥兹国，兴奋得把颜料盒子落在家里了。那些弯腰曲背的家伙是克努克，我非常喜欢他们，他们每天要做的就是给森林里的树木浇水、施肥、除虫、除草等等，他们干起活来可是要比他们的外表看起来美多了。因为长年辛劳，我的克努克们才会累弯了腰，累驼了背，脚趾也蜷曲了，但是他们的心不知道有多好、多善良，就像世界上任何美好的事物一样。"

"我曾经在一本书上读到关于丽尔和克努克的故事。"多萝茜饶有趣味地看着这些小精灵们。

圣诞老人又同稻草人、铁皮人说了会儿话，跟邋遢人友好地打了招呼，然后他骑上锯木马，去逛翡翠城了。"我啊，"圣诞老人说，"我一定要趁着有机会来这儿好好看看周围的风光，不然以后再来不定什么时候了，而且奥兹玛还同意我骑这匹锯木马，也省得发胖的我走起来上气不接下气的。"

"可是你的驯鹿呢？"七彩问。

"我没带他们出来，"圣诞老人说，"他们已经习惯天寒地冻、瑞雪纷飞的季节了，对于奥兹国这样一个总有暖阳的地方，他们是没法适应的。"

话音还未落，圣诞老人已经消失不见了，他带来的丽尔和克努克也都跟着他消失了，但是，能听见锯木马的金蹄子敲击在大理石路面的清脆的声音。

没过多久，王宫的乐队再一次奏响，掌礼大臣高声通报："尊贵的陛下，

来者是乐土的王后。"

　　他们都期待着王后的出现。吱呀！宫门开了，进来一个精致的蜡油做的娃娃。她款款地朝公主的方向走来，身上穿着华美的长袍，袍子上点缀着绒线球、褶边还有亮闪闪的金属片。她个头与亮纽扣相差无几，她的美丽的嘴唇、娇媚的鼻子、秀丽的眉毛，都是用色彩描绘的。她的水汪汪、蓝莹莹的大眼睛是两个玻璃球做成的。这对大眼睛看起来有点冷，但是王后的面部表情却是十分招人喜欢的，那么亲切和善。王后带着四个随从的士兵，两个站在她的前面，两个站在她后面，这四个士兵都是木制的，神情很严肃。木头士兵被涂得五颜六色，手里还端着一杆长枪，看起来让人有点畏惧。士兵的后面跟着一个小胖子，虽然他已经极力闪躲了，但还是被人们发现了。大家的注意力立刻被他吸引了，他看起来是用糖制成的，而且随身还带着装满糖粉的罐子，罐子上面有很多小孔，是他用来筛糖粉的。因为有时候他会粘到什么地方，撒上糖粉就可以避免这样的事情出现。

　　掌礼大臣介绍说，他是"乐土的糖人"，但是细心的多萝茜发现他的大拇指缺少了一截，猜想可能是被某个爱吃糖而又没控制住自己的人给咬掉了。

蜡制娃娃王后开心地与多萝茜和她的朋友们聊天，并向奥兹玛表示深情的问候，然后她带着随从去了自己的休息室。她把礼物放在了桌子上，那是一个用薄纸包好、红蓝缎带绑缚的礼物。

但是跟她一起来的糖人却不去自己的房间休息，而是喜欢跟多萝茜的朋友们聊天，说他们是他今生见过的最为奇怪的人。亮纽扣对他也表现出了极大的兴趣，因为糖人的身上总有一股冬青和戚糖的香味。

接下来走进待客室的是辫子老人，能接到奥兹玛公主的生日庆典邀请，他真的很幸运。他住在隐身谷和伽戈埃尔国的一个山洞里，因为他的胡子和头发都特别长，所以他把它们辫成了辫子，辫子一直垂到脚面，每一条辫子的尾部还被他精心地戴上了蝴蝶结。

"我带来的生日礼物是'飘扬'，这是我自己制作的，是上好的成色。希望奥兹玛公主能喜欢。"辫子老人说道。

"女王听了会十分开心的，"多萝茜说，她对辫子老人的印象很深。奥兹魔法师把辫子老人一一介绍给在座的客人，然后魔法师不得不让辫子老人坐在座位上保持安静，因为他逢人便无休止地讲他的"飘扬"。

乐队再次奏响，又一批客人来到，埃夫国王后第一个进来，走路像一阵风一样，但是却很漂亮和威严，跟在她身边的是国王埃沃尔多，看起来还很年轻。他们俩把整个王族都带来了——四个王子和五个公主。埃夫王国在奥兹国的最北面，来到这里也需要穿越死亡沙漠。在很久以前，埃夫国的人被矮子精国王所奴役，后来奥兹玛带领奥兹国民把他们从苦难中解救出来。多萝茜曾经目睹了这场战役，所以她热情地对这个王族问好，埃夫国王族再次看到多萝茜也很开心。当然他们都能认出宝座后面站着的人，因为所有人都曾经对他们有过帮助——滴答人、比莉娜、铁皮人、稻草人、胆小狮和饿虎。大家重逢是多么美好的事情。埃夫国王后的大家族待了一个小时以后才决定回房休息。他们临去休息的时候送上了一顶钻石王冠，这是一顶十分精致的王冠，他们说这才配得上奥兹玛。

他们刚走，乐队再次奏响，这次来的客人是狐狸镇国王列那，但是他更喜欢别人叫他多克斯国王，他今天穿了一身新做的羽毛外衣，连脚上都套上了白羚羊皮的新脚套，前爪上戴着白羚羊皮手套，在胸前的纽扣上插了一朵红色的鲜花，油亮的头发分成了中分。

他首先感谢多萝茜帮他要到了这次盛大庆典的请柬，能够拜访奥兹玛公主，访问奥兹国，这是他梦寐以求的事情。多萝茜把他介绍给在座的朋友们，他大摇大摆地过去跟他们打招呼，但是当他知道多萝茜是奥兹国的另一位公主时，还有点惊讶，于是为了表达深深的敬意，他深深鞠躬，并一步步倒退着走出了宫殿，这对他来说可是一件难事，但是他还是那么做了。

多克斯国王刚走，鼓乐声再次响起，贵客又到了，掌礼大臣打开宫门，用最为正式、恭敬、庄严的语调宣告着："尊贵的伊克斯国王后——齐齐驾到！崇敬的诺兰国王布德驾到！公主弗勒夫殿下驾到！"

三个如此显贵的人物同时到来，这让迎接客人的多萝茜和她的朋友们都肃然起敬，他们都起立鞠躬，对这三位的到来表示最诚挚和恭敬的欢迎。

王后齐齐的微笑是那么迷人，多萝茜他们都从来没有见过这么有魅力的女人。多萝茜推测齐齐可能十五六岁的样子，但是奥兹魔法师告诉她，这位王后已经在这个世上待了几千年之久，她是一个长生不老的王后。

诺兰国王布德和他金发飘飘的妹妹弗勒夫公主，都是齐齐王后的挚友，因为他们两个国家挨着，所以便结伴同行，经过长途跋涉，他们终于来到了奥兹国。他们所带的礼物自不必说，肯定是最好的，他们把礼物放在长桌子上。现在，桌子上的礼物都已经堆满了，长桌子已经不堪重负。

多萝茜和七彩见到弗勒夫公主便喜欢上了她，她的哥哥是那么年轻，那么率真，亮纽扣早已把他当作朋友，时刻不离左右。但此刻，时间已经接近下午，为了盛大的洗尘晚宴，贵宾们必须回到休息室，先梳妆打扮一番。他们还期待着晚上能见到奥兹玛公主呢。所以吉莉娅·詹姆带着一大群侍女把齐齐王后送到她休息的房间去了，布德国王和弗勒夫公主也都回到了自己的休息室。

"天啊，这将是怎样宏伟的庆典啊，"多萝茜大声说道，"我估计王宫所有的房间都住满了人，你觉得呢，亮纽扣？"

"不知道。"亮纽扣回答。

"好吧，亮纽扣。一会儿我们也得回到房间梳洗打扮一番，准备参加晚宴。"多萝茜说道。

"我是不必梳洗打扮的，"乐土的糖人说，"我只需要在自己的身上撒上糖霜。"

"我们也不需要，因为滴答人和我始终都是这一套衣服，不需要更换。"铁皮人说，"稻草人也和我们一样。"

"我的羽毛也刚刚梳理过，它们会保持很久的，所以我也不用梳洗打扮。"比莉娜在客厅的角落里朗声说道。

"那简直太好了，我就把你们几个留下来，在这里负责招待客人，"多萝茜说，"我和亮纽扣必须回到休息室，因为在奥兹玛的晚宴上，我们必须看起来是最漂亮的典范。"

"难道还有谁没来吗？"稻草人问。

"当然，驴城国王踢踢——叫叫、北方好女巫、约翰尼·杜伊特他们都还没到呢。但是约翰尼·杜伊特应该会晚一点，因为他一天到晚非常忙碌。"多萝茜说。

"我们会做好接待工作的，而且一定会让客人满意，"稻草人肯定地说，"亲爱的多萝茜，你快去房间梳洗打扮吧！"

第二十三章

盛大宴会

　　你们可以想象得到珠宝的豪奢、酒宴的丰盛、宾客的尊贵、晚宴的盛大，但是却找不到任何语言来描绘它，我只能说，请用你们能想到的最奢华的场面来想象奥兹玛公主的晚宴吧。

　　最最受欢迎、最最受爱戴、最最受敬重的圣诞老人，坐在了晚宴长桌的另一端，这一端坐着伟大的奥兹玛公主。

　　面团一世、王后齐齐、布德国王、埃夫王后及其儿子埃沃尔多、乐土王后等，一行身份尊贵的人，都有黄金座椅可以坐。其他的宾客都坐在精致的靠背椅上。

　　细心的奥兹玛还安排了一长桌的兽宴。托托是这个桌子的主人，它坐在长桌的一端，脖子上

系了一个围裙，面前的银盘里摆满了吃的。另一端是比莉娜和她的十只小鸡，她们坐在一个高脚凳上，凳子的四周都安上了护栏，目的是保证十个小多萝茜的安全。黄母鸡坐在高凳上，这样也方便她为她的小多萝茜们取东西吃。桌子的其他地方分别坐着胆小狮、饿虎、锯木马、橡皮熊、狐狸国王列那、驴城国王踢踢——叫叫。他们这一桌子阵容也很强大。

　　所有跟着主人来的随从坐在大厅下首的一条长桌上。他们分别是跟着圣诞老人来的丽尔和克努克们、跟随乐土王后来的四位木头士兵、跟着面团一世来的希兰人和罗兰人。他们都恭敬地坐在那里，等待着主人的到来。

　　无论哪一张长桌，坐着的贵客们的衣着之豪华，饰品之璀璨，容颜之俊秀，都是其他所有宴会没法比拟的。凡是那一天来参加宴会的人，都把这宴会的一切铭刻在心，无法忘记也不想忘记。世界上，任何一个地方、任何一个时候，都不可能把这么多神奇的、著名的人物聚在一起。

　　在客厅二楼的一个阳台上，大家可以看到一支乐队，他们从第一个客人进来之际就开始弹奏优美的乐曲。没有任何乐曲能有这样的旋律，只是

听着这音乐，就已经使人陶醉。

正当大家深深被音乐吸引的时候，大厅的碧绿色天鹅绒帷幕拉开了，伟大的、夺目的奥兹玛公主走了出来，对着所有前来的宾客，轻轻点头致意。

所有人的眼睛都追随着她，她来到餐桌的一端，她的宝座旁。大家热切的眼神让奥兹玛非常开心。她的那种威严又随和的表情，那亲切而又端庄的眼神，那温柔而又甜美的微笑，打动了每一个来客的心，大家也都对她微笑着。

每个宾客面前都有一只水晶高脚杯，杯子里斟上了拉卡萨玉液，这是奥兹国有名的饮料，比起他们平时所喝的柠檬汁和苏打水不知道要好喝多少倍。圣诞老人举起杯，为奥兹玛说了诗一样的贺词，祝贺奥兹玛生日快乐。然后他让大家共同举杯，祝福这位伟大的女王健康、平安、美丽、幸福。所有人都端起酒杯一饮而尽。接下来大家都坐下了，女王的侍从们开始忙碌地上菜。

毫无疑问，这样的宴席不会出现在普通的人间。金子做的盘子，还镶

嵌着璀璨的珠宝。菜品更是丰富、美味。当然有几位客人——糖人、铁皮人、稻草人和滴答人，他们是不需要任何吃食的，但是只是看着便已经赏心悦目。乐土的王后也只是需要一小盘木屑就足够了，但是她看到别人觥筹交错，也感到非常的满意。

环状甲虫终于有机会读他为奥兹玛谱写的生日赞歌——《奥兹玛颂》了，他的诗歌果然写得别具一格，他读得抑扬顿挫、铿锵有力，得到了宾客们经久不息的掌声。魔法师来了兴致，把一张大饼变到了多萝茜的面前，多萝茜用刀叉切开大馅饼时，八只小猪从里面跳了出来，伴随着大厅里经久不衰的乐曲，小猪们憨态可掬地跳着舞，客人们都捧腹大笑。七彩吃了很少的雾饼就已经吃饱了，这个时候也随着乐曲跟小猪们一起跳起来，客人们更加开心了，当一支舞跳完的时候，宾客们的叫好声都不绝于耳。

约翰尼·杜伊特这时候也让大家开了眼界，他大吃大喝的样子，跟他工作的时候一样动作迅速，而且效率极高；铁皮人唱起了情歌，很动情，大家都跟着哼唱起来；乐土来的木头士兵表演了长枪操，动作飒爽娴熟，引来阵阵喝彩；丽尔和克努克们跳起了独特的舞蹈，看得大家都高声叫好。亮纽扣此时却不像平时那样木讷和淡定，他也兴奋起来，根本无暇顾及面前餐桌上的美食，一双亮晶晶的蓝眼睛一会儿看看这边，一会儿看看那边，对他来讲，一切都那么古灵精怪。他这样做或许是明智的，因为相比起美食，这些才是更少见的。

宴会一直持续到深夜，大家不得不说再会，各自回到房间去休息了，因为明天还有更盛大的宴会等待着他们。大家都知道，同生日庆典相比，今天这个宴会只不过是个前奏罢了。

第二十四章

祝寿大典

第二天清晨，阳光明媚，迎接他们的又是一个好日子，云白天蓝，清晨的微风吹过，带来缕缕花香，草地上露水未干，一切都欣欣向荣。天色虽然还早，但是翡翠城里已经热闹非凡了，全城的老百姓从四面八方涌来，他们都要来亲自为奥兹玛公主祝寿，这是表达他们爱戴的最好的方式。

对于平常的百姓来讲，这些穿越死亡沙漠来到的外国贵宾，和本国举世闻名的大人物们能够在这里聚首，举国欢庆，那是一件百年不遇的事情，是比任何事情都值得一看的。从王宫门口到珠宝镶嵌的街道，密密麻麻都挤满了全城的百姓，男男女女、老老少少，他们都要趁此机会来一睹为快。他们知道奥兹玛公主将带领所有客人从这条道上走到城门外那大片苍翠的田野里去。

是的，这是多么壮大的队伍啊！

首先走出来的是一千个年轻女孩——这是奥兹国里最为年轻美丽的女孩——她们穿着白衣，披着白纱，系着绿腰带，高高的发髻上系着绿色的缎带，手里拿着奶白色的花篮，花篮里是成熟的红玫瑰。她们一路走，一路用戴着白手套的手挥洒着花瓣，像极了仙女散花，路上的花瓣已经足足有半尺厚，像一条厚厚的毯子，她们就是在给奥兹玛公主制造一条用鲜花铺就的道路。

接下来的一个方阵是奥兹国的四个领地的统治者，他们分别是——温基的国王、蒙奇金的国王、奎德林的国王、吉利金的国王。每个国王的脖子上都戴着一条翡翠项链，表明他们是翡翠城的忠实诸侯。

下一个阵营是翡翠城的鼓乐队，他们都穿着绿缎子的衣服，用金线滚边，他们步履缓缓而来，正在演奏《奥兹玛二步舞》。跟在乐队后面的是王室军队，二十七名军官个个威风凛凛、气宇轩昂、英姿飒爽，他们上至总司令，下至中尉。奥兹玛的军队是没有一般的士兵的，因为他们不需要去作战，只需要看上去庄重威严就好。

现在奥兹玛公主缓步走来，百姓们呼声雷动，不停地挥舞着手里的帽子和手帕。她今天的装束是那么俊秀可人，任谁看了也都会对她表示臣服。所以百姓如此的表现也算正常。因为仁爱善良，她决定生日这天不坐金车，

她要和贵宾和臣子们一起走到郊外去。在她的前面，蒂娜那只复活的蓝熊地毯在跳着、跑着，但是他只能四脚着地小跑、小跳，因为他被做成地毯的时候内脏已经不复存在，支撑他那填充了东西的脑袋的仅仅是一张熊皮，他的尾巴里也都是填充物。他尽量走在奥兹玛前面，因为他要为奥兹玛搭建一张熊皮地毯。他心甘情愿让奥兹玛站在他的蓝熊皮上。

两只巨兽——胆小狮和饿虎，跟随在公主的身后，所以公主是不需要军队保护的，因为这样两个保镖要远远超过一支军队的力量。

接下来就是贵宾入场，他们迈着稳健的步伐走了过来，引得百姓一阵欢呼，所以他们每走一步都停下来鞠躬致谢。走在贵宾最前面的是圣诞老人，因为发福，行动不便，所以他只好骑着锯木马。这位善良的老人身边永远带着背篓，而这个背篓里都是孩子们喜欢的玩具，他把一个个玩具发到小孩们的手里，小孩子欢呼雀跃起来。他的身后跟着丽尔和克努克们。

跟随在圣诞老人后面的是伊克斯王后齐齐、面团一世国王、小天使吱克，还有用后腿走路的橡皮熊帕拉·布罗因，大熊大摇大摆地走在面团一世和小天使吱克中间，看起来可爱极了。这个阵营里还有乐土王后及她的四个木头士兵；诺兰国王和他的妹妹弗勒夫公主；埃夫王后和他的四个公主、五个王子；然后是辫子老人和糖人；再接下来就是狐狸镇国王列那四世、驴城国王踢踢—叫叫，此刻他们已经成为挚友；最后是约翰尼·杜伊特，他身上背着那个巨大的铜箱子，口中还叼着那个烟斗。

老百姓先是报以热情的欢呼声，然后就留心观察每一个走过去的奇人，不停地发出赞叹声，接下来再次爆发出响亮的欢呼声。

多萝茜带着她的朋友们走过来了，她跟稻草人手拉手地前行，而稻草人更是受到奥兹国百姓的拥戴；跟在他俩身后的是亮纽扣和七彩姑娘，百姓们为这两个可人的小家伙发出轻轻的赞叹，毕竟七彩是那么漂亮，而亮纽扣又是那么可爱；邋遢人也吸引了很多人的目光，他穿戴随意但是不失华美；滴答人的出现也引起了欢呼，他迈着有力的脚步踏踏向前走去；奥兹魔法师的出现引来了更大的呼声。

接下来的是环状甲虫和南瓜人杰克，后面跟着北方好女巫格琳达。队伍的最后是比莉娜和她的十只小鸡宝宝，只见比莉娜威严地咯咯叫着，她生怕小鸡们由于贪玩而跟不上队伍。

温基人的铁皮乐队出来了，他们用铁质乐器演奏着《没有一种金属比得上白铁皮》，乐队奏出的响声倒也别具一格。乐队的后面跟着王宫里的侍从们。他们排着长长的队伍，所有的老百姓都跟着这支队伍走着，他们迈着整齐的步伐，穿过翡翠城门，来到了宽阔无垠的青草地上。

青翠的草地上早已搭好了华贵的帐篷，帐篷里有个十分巨大的正面看台，能装得下所有的王室贵族和参加列队的人们。帐篷外面彩旗招展，这些彩旗都是碧绿的丝绸和金丝布料制成的，在风中呼呼作响。帐篷前方是一个宽阔的戏台，所有的百姓都能清楚地看到台上的表演。帐篷与戏台之间由一长条夺目的红毯相连。

奥兹魔法师这时候成了庆祝大典的主持人，奥兹玛已经提前安排好了，将演出的指挥权赋予了魔法师。当所有宾客、王族和普通百姓都已经在看台前面准备好了的时候，魔法师开始表演魔术，作为大戏的序幕。只见他把十几个玻璃球和蜡烛高高抛起来，然后待它们落下的时候，又丝毫不差地接住了它们，一个也没失手。大家爆发出了雷鸣般的掌声。

然后他就开始介绍人物出场，稻草人为大家表演了吞剑，他把长长的锋利的宝剑直接从嘴里吞下去，然后再拔出来，他竟毫发无伤。大家为他喝彩。

铁皮人也大显身手，他挥舞着锋利的斧头，越舞越快，到后来人们只能看见一团银光闪闪，听见嗖嗖的利刃扫过空气的声音。在大家的掌声中，铁皮人深深鞠躬。

接着女巫格琳达走上了戏台，她用魔法把一棵大树搬到戏台上，大树上马上繁花似锦，然后繁花落尽，又结出美味的硕果，她说这果实叫"啖莫纳"。她命令侍从们把果子摘下来分给大家，正好所有人都能分到一个。人们开心地吃着这美味的果子。

橡皮熊帕拉·布罗因爬上了这棵树，但是他还没站稳就掉了下来，落到戏台上，可他身上的弹力又把他送回到树枝上，来回弹跳了几次，惹得观众们哈哈大笑。他站起来，对着人们鞠躬致谢，然后回到他的座位上。

这时，格琳达变出的大树忽然消失了。它所结出来的果子仍然留着，以便人们品尝。

北方好女巫拿出十块石头，只一眨眼，石头就变成了十只小鸟，然后再一眨眼，十只小鸟变成十只山羊，再一眨眼，十只山羊就变成了十个小女孩。这十个小女孩在一起给大家献上了美丽的舞蹈，之后，又重新变回了石头。大家看了啧啧称赞。

约翰尼·杜伊特搬着他的大箱子上台了，他打开工具箱，开始忙活起来，几分钟的时间就做了一架飞机，他对奥兹玛公主说了祝福的话语，给大家深深鞠躬，最后带着他的大箱子坐着飞机飞走了。

最后一个节目是由奥兹魔法师表演的，他一站上台来，就有许多五彩的泡泡飞出来，围绕着他，他挥挥手，泡泡也飞向了贵宾和百姓，后来泡泡越来越多，飞得到处都是，人们都觉得自己是在梦里，真是惊诧极了。其实多萝茜知道这不过是奥兹魔法师利用奥兹国百姓的见识浅薄耍的一个小把戏，就是把能够制造泡泡的机器放在了戏台下面，只留一个吹泡泡的管子在戏台的一边，他打开机器的开关，机器就会不断吹出肥皂泡泡来。

不过好在这里的人们都不知道，所以，伟大的奥兹魔法师仍能津津乐道地做他的大魔法师。

其实魔法师还有另外的发明，因为肥皂泡是易碎的，浮在空气中坚持不了多久，所以他便别出心裁地在肥皂水里加了胶水，这样泡泡就很结实了，即使在空气中飘浮很久也不会破碎，人们能够在这如梦如幻的世界里待上好几个小时呢。

魔法师看到人们惊异的表情，表演的兴致更加浓厚了，只见他先吹出很多巨大的泡泡，让它们悬浮在空中，在阳光照耀下泡泡呈现出多种色彩，看起来真是一场豪华的表演，人们都为此欢呼良久。多萝茜和亮纽扣因为都曾在家玩够了这个吹泡泡游戏，所以并不感到意外，只不过，魔法师的泡泡比他们吹出来的要大、要持久。

然后，魔法师又吹出了很多密集的小泡泡，这些小泡泡把大泡泡团团围住，然后又把人们团团围住，人们都用手去碰触这些美丽可爱的泡泡。魔法师让这些泡泡飘在空中，飞远了，消失在白云的边际。

"真是太美妙了！"圣诞老人禁不住感叹，他喜欢所有美好的东西，"我在想，魔法师先生，能不能请你把我放在一个肥皂泡里面，这样我是不是可以跟着它飘回我的家里去，我在透明的泡泡里还可以领略这大好风光。其实地球上所有的地方我都去过了，可都是坐在驯鹿车上，而且都是夜间去的。如果能在肥皂泡里慢慢地前进，我就可以在白天把所有风景尽收眼底了。"

"可是，我害怕你掌控不了泡泡的方向。"魔法师说。

"啊，这一点请你放心，我懂得如何掌控它，"圣诞老人说，"只要你能把我放在泡泡里，我就有把握到家。"

"那么，也请用泡泡把我送回去吧！"乐土的王后恳求道。

"哦，好主意，夫人，你可以第一个试航！"圣诞老人礼貌地说。

美丽的蜡娃娃向女王和贵宾们辞行，然后她站在戏台中央，魔法师吹了一个泡泡包裹住她。大家看见这泡泡带着乐土王后慢慢地飞起来，王后在泡泡里对大家挥手致意，然后它升上高空，飘到南方去了。

"这是一种最好的旅行方式，"弗勒夫公主说，"看来，我也该请求魔法师送给我一次泡泡旅行了。"

于是魔法师又对着弗勒夫公主吹了一个泡泡，又把她哥哥国王布德、王后齐齐也都裹在了肥皂泡泡里。这三个肥皂泡泡一起飞向了诺兰王国的方向。

好几次泡泡旅行都成功了，现在所有外国来客都希望能坐着泡泡回家，魔法师便把他们一个个装在泡泡里，使得他们都向自己家的方向飘去。

圣诞老人清楚地记得每一个客人的家庭住址，就一一为他们指路。

最后，亮纽扣也来到了魔法师的跟前，他诚恳地对魔法师说："我也要回家！"

"当然，你应该回家了！"圣诞老人爽朗地说，"我想，此刻，你的爸爸妈妈一定很希望马上见到你。魔法师先生，请你一定要吹一个又大又结实的泡泡给亮纽扣。那样才能确保他万无一失地回到他父母身边。"

"还真是舍不得这小家伙！"多萝茜感叹着，这么长时间的相处，她已经非常喜欢亮纽扣了，"不过，亮纽扣回到家里才是最正确的，因为此刻他的父母一定非常焦急。"

多萝茜走上前去，吻着小男孩的额头，奥兹玛也吻了他，大家都跟他挥手道别，祝他一路顺风。

"亲爱的，你此刻开心吗？"多萝茜忧伤地问道。

"不知道！"亮纽扣说。

亮纽扣这时候双腿交叉坐在戏台上，水手帽向后倾斜着，魔法师吹了一个美丽的泡泡把他裹了起来。接着亮纽扣坐在泡泡里飘了起来，向西飘去。多萝茜看到他坐在肥皂泡的中间，使劲挥舞着水手帽跟他们道别。

"你是愿意乘坐肥皂泡回家，还是我用魔法腰带把你送回去？"奥兹玛问多萝茜。

"还是用魔法腰带吧！"多萝茜说，"我还是觉得肥皂泡有些冒险。"

"汪——汪——汪！"托托赞同地大叫。虽然每一个肥皂泡升空，它都会对着他们大叫，但是它可不想去冒这个险。

接着，圣诞老人决定要坐上一个泡泡出发了。他对奥兹玛的款待表示感谢，并且祝福奥兹玛永远长寿。之后，魔法师便吹出一个很大的肥皂泡，把这个肥胖矮小的慈祥老人裹在了里面，然后他又吹出很多小肥皂泡，把丽尔和克努克们也裹在了里面，他们追随着圣诞老人的泡泡飘去了。

当圣诞老人的肥皂泡刚刚升空的时候，老百姓发出了雷动的呼声，以此祝福这位他们深爱的老人。圣诞老人显然是听到了人们的欢呼，从透明的肥皂泡里对大家挥手致意。乐队奏响欢送的曲子，每个人都看着圣诞老人的肥皂泡，直到它消失在天际。

"七彩，你想怎么办呢？"多萝茜注视着她的朋友，"你也要坐上肥皂泡回家吗？"

"不，我不要，圣诞老人答应过我，"七彩说，"他说一定会告知我的父亲来这里接我的。所以，可能一会儿我就可以回到家里了。"

七彩话音刚落，天空便出现了前所未有的光芒，人们都惊呆了。一会儿，一道绚丽的彩虹慢慢地把一端搭在戏台上。

七彩发出了欢呼声，从她的座位上跳起来奔向了彩虹，她沿着彩虹的边缘跳着舞，逐渐地向彩虹的最高处走去，她的头发、身体、纱裙，都像一团彩云，慢慢地和彩虹融为一体。"再见了，多萝茜，再见了，奥兹玛！"有个温柔的声音在空中回荡，人们知道这是七彩的声音。但是他们也只能听见声音了，因为美丽的七彩已经融入彩虹。

蓦地，彩虹的一端向上收缩了，它渐渐地变短、变淡，最后慢慢消失在了微风中。

"我也舍不得七彩，心里真不好受。"多萝茜感叹着，"可是，她早晚是要回家的，跟她的爸爸在一起，她才会更加开心。对于一个仙女来说，即便是奥兹国这样美丽的地方，也都不如她自己的家吧！"

"是的，"奥兹玛说，"虽然我们跟七彩相处的时间不长，但是这个女孩给我留下了很好的印象。或许未来的某一天，我们还会不期而遇的。"

庆典的娱乐节目演完了，大家都排好队，开开心心地回到了翡翠城。多萝茜的身边只有托托和邋遢人了。邋遢人得到通知，他已经被允许留在

奥兹国住上一段时间了。但是他必须诚实可靠，不然随时都有可能被赶出去。如果经过一段时间的考察，他合格了，就会被永远留在奥兹国，成为这里的居民。邋遢人听到这个通知非常激动，并发誓一定会好好表现的。

所有人在一起安静地吃了一顿丰盛的晚餐，多萝茜和稻草人、铁皮人还有黄母鸡这些老朋友，玩得不亦乐乎。

当夜晚来临的时候，多萝茜跟大家吻别了，因为奥兹玛已经同意在她睡觉的时候用魔法腰带将她和托托送回到堪萨斯州，她再次醒来的时候应该是在自己的小木床上。然后她会起来和亨利叔叔、爱姆婶婶说早安，一起吃早餐，他们一定会非常吃惊的。想到亨利叔叔和爱姆婶婶的表情，多萝茜便哈哈大笑起来。

多萝茜又一次经历了开心的冒险，心里非常愉悦。这一整天的生日庆典让她有些疲惫了，于是她抱着托托，在洁白柔软的大床上，在奥兹玛给她准备的大房间里，美美地睡着了。